Pablo Rojas Díaz

Los Conspiradores y otros Cuentos

Vuelta a la Página

Rojas Díaz, Pablo

Los conspiradores y otros cuentos. – 1a ed.- Ciudad Autónoma de Buenos Aires :
Vuelta a la página, 2014.

Ebook.   ISBN 978-1495923227

Diseño de Tapa: Lic. Pablo Rojas Diaz
Diseño de interior: Editorial Vuelta a la Página

C 2013 Pablo Rojas Díaz / Fotografía de tapa: Gabriel Serulnicoff

A mis padres que me dieron la vida,

a mis abuelos que la endulzaron especialmente,

a mis amigos y amigas coautores que la enriquecen,

a Astrid que la hace primavera eterna

y a mis hijos, Ariadna, Lautaro y Ornella, que la justifican.

PRÓLOGO

El pavor a la página en blanco se desborda cuando se trata de escribir el preámbulo al trabajo literario de alguien entrañable. ¿Cómo hacer justicia al ingenio del que decide abandonar el confort de escritor solitario, para exponer públicamente su trabajo?

Es más productivo pedirle a quien esto lee, que salte estas páginas y disfrute de esta selección de cuentos, que si pudiéramos pautar, nos ofrecerían una banda sonora rica en ritmos, armonías e intensidades.

Si persiste en continuar la lectura de este prólogo, debo expresar entonces por principio, que esta primera antología profetiza el surgimiento de un narrador con un timbre propio, que insinúa las influencias literarias que lo han marcado, pero que generosamente permite que emerja su propia interpretación de la república de las letras.

Lo que aquí encontrará, es un ejercicio de honestidad con la vocación temprana, un guiño a una faceta que el autor tenía reservada para su círculo más íntimo, y ahora con su publicación, tácitamente ensancha para dar cabida a quienes se acerquen a su obra.

El lector se asomará a un andén transitado por muchos trenes, algunos con destino a los suburbios de la melancolía, otros haciendo parada en la concupiscencia citadina; pero todos, se mueven sobre los rieles de la ironía que produce mirar a la gran ciudad, a través del cristal del vagón de la sensibilidad, que corre en sentido contrario al Subte de lo cotidiano.

Al mando de estos trenes el autor, que no impone un "lector modelo" para sus cuentos, acaso porque reconoce en cada lector un mundo y bajo esa consideración, ha logrado conjuntar un mosaico de su producción literaria que trasciende los códigos locales, para instalarse en el ámbito de lo cosmopolita.

Es evidente entonces que al adquirir este libro, acaba de comprar también un ticket para viajar por distintas latitudes donde se gestaron, sin hacerse explícito, muchas de estas narraciones salpicadas con postales de Buenos Aires bajo la lluvia, en contraste con la candidez de la vida en los pueblos del interior, dos obsesiones que advierto en la fertilidad de Pablo Rojas Díaz.

Flavio Morales Cortés

Xalapa (Veracruz, México), mayo de 2013

LA MALDITA INSEGURIDAD Y LA GLORIA

A Flavio Morales Cortés y
Eduardo Sacheri

Quise mirar a los lados, pero pensé que era perder el tiempo. Sentía la urgencia de ir hacia adelante, acelerar de algún modo sin perder la compostura. Y siempre atento a lo que pudiera venir. Conocía a esta gente, o creía conocerlos. "Junarlos" como decían en el barrio.

Los sentí cerca, o acercándose rápido, podía percibir la agitación de sus bocanadas de aire para pulmones insatisfechos, sedientos de más.

Venían por mí. Lo sabía. No había lugar a dudas, no cabía posibilidad alguna que se hubieran confundido o que simple mente siguieran adelante persiguiendo a otro tipo. Lo sentía en el cuerpo, ellos venían por todo. No sé si dispuestos a todo, pero mejor no detenerse a preguntar, o especular al pedo.

Cocodrilo que duerme es cartera. Y no pensaba regalarles nada pero tampoco arriesgar la vida. Simplemente no les haría fácil ninguna empresa que se propusieran.

La humedad me jugaba en contra, como tantas otras veces, para acelerar la carrera en línea recta o como sea. Es que las noches de primavera en Buenos Aires son una condena para los alérgicos asmáticos, entre tilos y jacarandás o bananos y paraísos. Si hasta solía evitar cuando novios los encontronazos con Anita, porque el sexo en esas condiciones podía desbaratar los esfuerzos denodados de sobrevivir cotidianamente. Acaso nuestro segundo secreto compartido frente a sus padres.

Pensaba precisamente en eso cuando me percaté de la distancia recorrida y el riesgo de quedar involuntariamente encerrado y a merced de estos dos energúmenos que pretendían seguramente quedarse con lo mío y quizás trapear con mi honor maltrecho el piso y sabe el diablo qué cosa más.

Sentí el sudor en la espalda. Aunque supe de inmediato que de miedo tenía poco. No temía a quien sentía en igualdad de condiciones. Pero eran dos.

Al que venía por la izquierda lo conocía de sobra. No era uno de esos tipos grandotes que meten miedo con la sombra que proyectan, pero era morrudo, pesado y, ahora que podía verlo de reojo y a la carrera por el rabillo del ojo, también muy rápido.

Al principio me confié, no creí que se metieran conmigo. No porque yo tuviera fama de difícil o compadrito, sino simplemente porque estaba lejos. Por eso de arranque no más, creí que no me alcanzarían. Me equivoqué.

Por esas cosas rara de la mente, empecé a pensar en si esto sería judicialmente considerado un hurto, robo o terminaría en homicidio preterintencional.

Claro, cualquiera podría pensar que exagero, pero en ese momento se me ocurrió que también me matarían. No sé, lo pensé ahí, pero lo cuento ahora que puedo contarlo.

El de la derecha era un pelado botón, no lo tenía de vista, bueno de antes digo. Lo vi correr apenas me dispuse a alejarme de ellos. Reacción rápida del petiso, pero claramente no era tan veloz en distancias medias.

Estaba por medirlo para quitármelo de encima, cuando escuché que a los gritos, un grupito minúsculo a lo lejos gritaba desaforado pero a coro "matálo, matálo". Cómplices necesarios, malandraje sin códigos que no se atreve a mancharse las manos por no hacer ni el mínimo esfuerzo. Malos sin sentido, ni razón.

Mi viejo alguna vez me había dicho que el talante de los hombres aparece en los momentos más incómodos, más complicados o difíciles. Sin embargo, sentía que me acurrucaba como un niño protegiendo lo más preciado, buscando desesperado la forma de evitar lo que parecía inevitable.

Cambié de rumbo, como las liebres cuando escapan de la babosa mordida a la carrera de los perros cazadores. Así me sentía. Porque además hasta el tiempo me jugaba en contra, ni hablar de la panza, el tobillo y hasta la ropa. De haber seguido recto me hubiesen arrinconado contra la pared del baldío lindante. Por eso digo que no fue una genialidad tratar de cruzar, fue un acto reflejo.

Mi cuerpo se dejaba llevar por el vértigo de la aceleración inicial, por lo que ahora, habiendo cambiado de dirección, el equilibro se ponía en juego entre la caída estrepitosa y la honrosa libertad de un escape probable.

Me dolían los músculos, el maldito efecto del ejercicio anaeróbico para un oficinista de 40 sedentario hasta los codos. Me mantenía de pie el orgullo, o la amenaza latente. Pero para qué averiguarlo en ese momento.

Cuando escuché al pelado gritando "Mati agarralo, agarraaaaloooo", lo sentí lejano, o alejándose, quedándose levemente atrás y con tono de resignación. Casi simultáneamente sentí el manotazo que pasaba cerca mío, tirando ese vientito que uno casi puede escuchar teniendo los sentidos alterados al máximo.

Confieso que empecé a pensar que zafaba. Quiero decir, que comencé a pensar que salvaba la ropa y el honor dejando atrás a esos salvajes dispuestos a todo. Fue entonces cuando lo vi.

No sé qué imagen conservan de la niñez el resto de los mortales, cuando piensan en un malvado gigante. Yo sólo tenía disponible la imagen de aquel primer King Kong que me asustaba desde la tela blanca del cine Español. La bestia misma. No diabólica, sino naturalmente amenazadora, temible por donde se la viera. No el King Kong de los norteamericanos posmodernos que resultó ser más bueno que mi abuela haciendo buñuelos una tarde de lluvia y con razones lógicas para enojarse con los salvajes humanos. Me refiero a la bestia peluda que por vaya saber uno qué malestar estomacal, arremetía contra todos y todo, dejando a su paso un escenario desolador de acero aplastado o concreto partido cuando no resquebrajado.

Así, me parecía el tipo que tenía adelante, claramente complotado con mis perseguidores. El humanoide ensayaba una posición de ataque similar a la de otro gorila furioso. Las rodillas apenas flexionadas que facilitaban el balanceo sutil de lado a lado, extendiendo los brazos cual King Kong atacando a los colegas del Barón Rojo. Peludo también era, porque el gordo seguro tendría que adivinar lo que veía entre las rastas y lo alto de su enrulada barba negra. De hecho a falta de algunos dientes, los visibles se parecían más a los colmillos del primate hollywoodense que a incisivos de homínidos comunes y silvestres.

A esta altura y con los muslos ardiendo, se me acababan los recursos. Otra vez la confianza mataba al gato o embarazaba una mujer. De haber imaginado que se me vendría encima tan rápido y directo hubiese hecho algo distinto. No sé qué, pero algo distinto seguro.

Lo miré a los ojos directamente, no por coraje en ejercicio sino buscando las respuesta que no encontraba en otra parte. Pude verlo claramente. Venía a matarme.

No existía en ese brillo intenso, el más mínimo ápice de piedad o intención que atropellarme o simplemente proponer la colisión en la que no habría oportunidad alguna para mí.

Dejé de correr. Tenía claro que chocar contra esa montaña bruta de carne y pelos no era una opción válida, sabiendo además que alguno de los otros dos me alcanzaría inevitablemente. Levanté la vista, más allá de la línea horizontal de mi mirada, miré a los lados y descubrí que estaba solo. Completamente solo.

Casi me dolía respirar de tan agitado o frustrado. Quizás eso me hizo pensar en la posibilidad de resignarme ante el hecho consumado y buscar en la pérdida algún goce que después Jorge, mi psicoanalista, relacionaría con esa parte de la infancia que uno parece no haber vivido realmente y que él insiste en ubicar como raíz de mis angustias personales ante lo escueto del sueldo casi a fin de mes.

Bajé la cabeza, clavando la mirada en el piso, pensando que quizás no era para mí la suerte de los oportunistas y mis males, más que males era pruebas divinas para redimir mis numerosos pecados.

En ese pequeño instante eterno escuché su voz sincera, cargada de inocente angustia, franca, pequeña y aguda. Sin saber desde dónde venía, sólo me importaba dónde se clavaba ese aliento. Y me dio en el medio del pecho incendiándome al instante el alma.

"¡Pateá papi, pateá!"

Y le hice caso. Cómo no hacerlo si desde que me acompaña aprendo más de él que lo que yo puedo enseñarle de las cosas simples.

Le pegué con la cara interna del pie derecho. Como dice Alejandro Apo, me llené el pie de pelota, y ésta, generosamente superó a King Kong. Pasó entre el hierro izquierdo del arco y el costillar cargado del arquero improvisado inflando apenas la red.

Me di vuelta buscándolo desesperado. Cuando cruzamos las miradas me sentí un "barrilete cósmico" y en el abrazo en el que sumamos 47 primaveras, poco importó que aquel empate honorífico con el equipo campeón del año pasado nos dejara afuera de la liga barrial en la primera ronda.

Lo que siguió después puede que sea una de esas tantas mentiras con las que la mente nos auto convence exageradamente, para poder mentirles con exactitud a los nietos más tarde. Por eso apenas recuerdo que volviendo en colectivo hicimos una parada técnica en la heladería.

Después de todo, el gol era más suyo que mío y mis lágrimas contenidas eran más mías que del orgullo.

LOS CONSPIRADORES

Juntos, sentados en la mesa cercana al escalón que dividía el restorán en dos, conversaban en voz baja, evitando que cualquiera, interesado o no en su charla, los escuchara.

El tenedor libre a pesar de la hora, mediodía tardío, no estaba ni siquiera en un cuarto de su capacidad ocupado. El chino dueño o encargado del local tenía en su cara el peso expreso de un presupuesto difícil de equilibrar si el negocio mantenía el ritmo de los últimos días. No miraba a sus clientes más que para calcular por cabeza el precio del cubierto, adicionándole el estimado por persona en bebidas. No había lugar en sus pensamientos para la menor sospecha, no se había percatado de la actitud sospechosa de esos dos clientes, individuos desconocidos y casuales.

Quizás, no era el mejor lugar para ajustar detalles o intercambiar opiniones opuestas sobre un plan tan general, tan poco producido pero evidentemente tan definitivo y sólido que no habría posibilidades de aplazamiento o cancelación.

Ninguno de los dos estaba cómodo en las sillas, pero intentaban controlar su inquietud tratando de pasar inadvertidos. Para eso también tenían un plan previo, habían decidido en la vereda, segundos antes de ingresar al local de comidas, que se servirían poco en el plato, o mejor, lo suficiente para levantarse las veces que habían estimado normales, ni pocas ni demasiadas.

Primero, uno iría por sus predilectos huevos duros, que allí cortaban en mitades. Ella prefería las ensaladas verdes, lo cual incluye cualquier cosa con ese color, pretendiendo obtener algo saludable. Después irían por la lengua a la vinagreta, de la cual podían jactarse con orgullo de compartir como preferencia.

Detrás del ventanal que casi se extendía del techo al piso y desde la puerta de entrada hasta la pared, el mundo se caía a pedazos en individuos corriendo, evitando la humedad de la lluvia reciente e intentando cumplir con períodos tiranos de tiempo.

Cerca del centro y a esa hora, era natural que uno no viera demasiado más que movimiento. Observar detenidamente a alguien se limitaba a una mirada superficial, sólo de curiosidad o interés mínimo, en un tiempo menor a un cuarto de minuto hasta que desaparecía de la perspectiva limitada que ofrecía el ventanal.

El chino joven parecía más inteligente o despierto, quizás su juventud lo hacía más vital o más arriesgado. Cumplía la misión estratégica de dar la calurosa bienvenida, tan estudiada y poco original como era de imaginarse, para pasar a ofrecer la carta de bebidas. Ese menú de líquidos donde las necesarias ganancias saldaban su sueldo y una muy pequeña porción de las expectativas de ganancias del dueño. Él sí entendió que aquellos clientes querían evitar su presencia o minimizarla, aunque no le pareció en nada especial, ocurría a menudo que la gente lo tratara poco gentilmente.

Llegó un grupo de personas que se sentó al otro lado de la mesa donde la comida espera el turno de ser engullida. Compañeros de oficina, habitués del lugar con conversaciones de trabajo, enojos diversos para un jefe en común u objetivos que juzgaban, según sus propias palabras, desde un inicio excesivamente pretensiosos e inalcanzables. Dos camisas blancas, una celeste y otra a rayas, cuatro corbatas, un millón de proyectos individuales pobres de prioridad y evidentes relojes ansiosos por no ser desatendidos.

La mesa de dos empezaba con el plato principal, ella ravioles de verdura y pollo con salsa blanca, él carne asada con salsa dulce.

Los ojos de la joven se posaron sobre los párpados de él, que miraba su plato con la seriedad planificada interpretando su papel masculino a la perfección. El brillo o la sonrisa posterior podrían haberlos traicionado, delatarlos. Pero rápidamente volvieron a su hermetismo, ajustándose al guión.

El desliz no fue tal, nadie miraba la mesa en ese momento. Todos se ocupaban de masticar sus preferencias o decidir el sabor que servirse.

Cuando el chino joven reemplazó la bandeja de rabas vacía por una colmada, el olor a fritanga inundó el salón, incomodó a los oficinistas y sus corbatas. El hombre de la ventana, en cambio, se sintió sumamente interesado y apuró el trámite con su porción de cerdo a medio consumir.

Entraron tres mujeres, alteradas con una alteración casi natural, la misma del chino mayor o el de los compañeros de oficina, aunque no tan patológico como la del hombre que tragaba su comida cerca de la ventana. El trío apestaba a perfumes, desagradables por estar perfectamente entremezclados y por ello también irreconocibles. Eligieron justo la mesa de cuatro lugares más cercana a la pareja que no ocultaba su incomodidad.

La poca privacidad que los dos se habían procurado, alejándose de la entrada y despidiendo rápidamente al joven mozo chino, acababan de perderla. Ahora tres mujeres con sexto sentido dispuesto y seis pares de orejas estaban a tiro de cualquier dato.

Al principio las mujeres se dedicaron a terminar sus cigarrillos, intercambiar ideas de compras futuras y encender cigarros nuevamente después de ordenar sus respectivas gaseosas de bajo contenido calórico. Hablaban en tonos agudos y a una velocidad extraña con nombres y apellidos mediante, evidentemente apresuradas en aprovechar el tiempo todo lo que se pudiera. Quedaba claro que no serían muchas las veces que se levantarían a servirse.

La pareja, preocupada, no perdía la calma. El muchacho, con la rodilla rozó la de ella tratando de desviar su atención al mensaje no verbal que pretendía transmitirle. Habían llegado al postre sin ultimar los detalles y era sumamente necesario ganar tiempo, y codificar la conversación para ello.

Se levantaron los cuatro oficinistas, negándose a la oferta de café, tan rápida y nerviosamente como habían llegado, discutían por la precisión de sus relojes y determinar la hora exacta. Pagaron con tickets y algunas monedas que completaban la suma adeudada. No parecían haber recuperado el aliento, sin el cual habían llegado, sin embargo el mundo exterior parecía reclamarlos, quizás una alarma sólo audible para ellos los llamaba a cumplir obligaciones perennes.

Afuera se secaban las escasas gotas que se le cayeron al par de oscuras nubes que ahora iban rumbo al río. Pero el vértigo desenfrenado de una multitud desfilando por el ventanal no amainaba con su tormenta de colores, de piernas buscando el ritmo adecuado y una colección de rostros de líneas duras y sonrisas escasas.

Ella sintió primero el calor y luego el golpecito sutil de su rodilla, no dejó de sentir una caricia en el gesto y levantó la vista que había puesto sobre el flan con dulce de leche como parte de la escena. Se encontró con sus ojos masculinos, de mirada firme y sincera, y se descubrió a sí misma en un suspiro tenue. Él intentó acercarle el mensaje con sus ojos y el gesto de sus labios apretados y por ello descoloridos. Ella entendió y le respondió con la cabeza imperceptiblemente.

Las tres mujeres de la mesa junto a ellos ahora hablaban de la nueva novia del dueño de la empresa, "una pendeja pelotuda, morocha arrepentida con un cuerpo de gimnasio y cerebro de mosquito", después el novio capitalista mismo fue tildado de "viejo verde", hasta que alguna confesó que era ella la mujer adecuada "para semejante hombre maduro de brazos firmes". Otra estuvo de acuerdo en que "debería ser de nuestra edad, una hembra experimentada y sofisticada como nosotras" aunque insistió sobre desaparecer a su marido, no sin antes propinarle una sesión dolorosa en concepto compensatorio de penas y dolores de cabeza.

El chino contó los tickets con desprecio, calculó el descuento que le hacen por el cambio a moneda corriente y renegó en un conjuro de consonantes y vocales incomprensibles, pero claramente agraviantes aunque sin destino específico. Miró a las mujeres fumadoras y calculó que tendría cierto beneficio adicional si sólo comían verduras al vapor o tartas de acelga, zapallo o zapallitos. Cuando las mujeres se levantaron después de aplastar en perfecta coordinación las colillas en el cenicero atiborrado de viejos filtros pintados, y eligieron ensaladas de pepino, chauchas, tomate y zanahoria, una mueca dibujada en la comisura izquierda de la boca del encargado o dueño del tenedor libre, simuló una sonrisa satisfactoria

La distancia con las mujeres le permitió al muchacho poner su mano sobre los dedos frágiles y pequeños de ella, sintió las aristas duras y frías en el metal del cintillo, abandonó su silencio apenas, susurrándole de muy cerca "y que importa si el mundo es un quilombo, nos amamos, no hay razones que nos impidan...".

El joven chino reemplazó la panera de la mesa de las mujeres por pan negro a pedido de estas, eso interrumpió el diálogo, al menos la frase, que el muchacho tenía en mente.

El ulular de las sirenas fue como un manto de encubrimiento sobre todos los sonidos. La ambulancia dobló en la esquina y siguió su camino pasando justo frente a la ventana y desapareció tras los bocinazos y palabrotas que se desataron, cuando el tránsito trastocado por la emergencia, quedó atado a un nudo de carrocerías y bocinas.

El sonido debe haber molestado a todos, cada uno estrenó un gesto de desagrado y algunos una nueva arruga, las mujeres elevaron el tono de sus voces y alguna risa en plena carcajada compitió duramente con la sirena.

Ella aún molesta por tanto grito, ruido y apuro, tambіén le susurró, acercándose al perfume que eligió para él en su cumpleaños pasado, estirándose sobre la mesa "también te amo, no te preocupes. Para mí está bien, si estamos de acuerdo". Él en tono normal y sabiendo que no significaría mucho para los demás que escuchaban, dijo "sí, por supuesto ¿cómo no voy a estar de acuerdo amor?"

Ella sonrió, no pudo evitarlo, aunque quiso no pudo matar el gesto, la alegría se le hubiese escapado por los ojos en lágrimas. "Entonces si es nena se llamará Esperanza y si es varón Jesús" le dijo ella al oído antes de acercar sus labios y chocar a mitad de camino con los de él en un beso profundo, cómplice y con aires de festejo.

El chino en el mostrador, se dio cuenta e ignoró el mensaje casi con desprecio. El mozo chino sonrió disimulando un bostezo largo quizás entendiendo mejor las cosas. Las mujeres les alargaron una mirada escéptica de descrédito, el hombre de la ventana asqueado e incrédulo escapó al baño simulando no ver. Afuera el mundo seguía en la cotidianeidad caótica de un día muy normal.

PORTEÑO AMOR

Jorge es de esos extraños tipos comunes, de porteño adentro y obelisco iracundo. Un enamorado de la naturaleza verde, que atormenta con excesos de agua los potus del balcón y que adora los amaneceres. Aunque amanecer con los ojos al sol es un lujo que sólo puede darse un día en vacaciones, y que por supuesto video graba cada tanto, para mostrarle a la próxima víctima aún no identificada de una futura aburrida e interminable charla de café en casa.

Josefina no es mucho menos común, pero aún conserva rasgos personales distintivos. Abandonó definitivamente la histeria después del último amante perdido. Ella elige los helechos y prefiere las noches de luna llena en la serenidad del río, aunque no sabe de otros ríos que de los brazos entretejidos del Plata en el Delta.

No se conocen aún en esta historia y por capricho de un escritor aburrido de historias de noticiero, se van a encontrar y a protagonizar el romance más apasionado.

Los dos amanecieron a mate y criollitas, en fin de semana, solos, por pasados inesperados, y lejos de la familia para evitar esos problemas conocidos. Escuchan Radio Mitre a esa hora. La verdad es que no tienen planes reales, pero desde hace un tiempo que tienen ganas de recorrer ese Buenos Aires para turistas, reconocido pero ignoto detrás de la velocidad del paso cotidiano.

San Telmo, eligieron.

Uno tomaría desde Palermo el 10. Ella en cambio aprovechaba el subte sin apuros ni empujones desde Belgrano.

Jorge que es deportista mediático o virtual, ya que su fútbol es el que se juega en la tele y su básquet el que ampolla sus dedos en el teclado de su computadora personal, había decidido caminar para oxigenar su sangre como si pudiera respirar la más pura brisa amazónica desde su bajada del colectivo en la parada de Avenida de Mayo hasta el Cabildo, ya que no quería llegar directo a plaza Dorrego sin dejar de imaginarse cabildante o "cacerolero".

"Jóse"; así le dicen sus amigas que le reprochan todavía no haberse casado con aquél amigo de todas, de apellido doble, pésimo jugador de rugby en el CASI y de emprendimientos económicos exitosos posteriores, apenas subía a pulmón las escaleras del subte. Para qué evitar agitarse con las escaleras mecánicas, si según ella cada segundo podía ser el último.

Jorge caminaba en el sentido contrario del poco tránsito del sábado matinal, fruncía su ceño y rasgaba sus ojos intentando contener el brillo implacable del sol de primavera en la pupila de un oficinista adicto al cine de acción. Cruzó la calle apuntando desde mitad de cuadra, a la esquina del viejo blanco y poco original Cabildo; casi tan incorrectamente como sólo es capaz de quebrantarse la ley en el país de las mejores carnes y el buen vino.

Josefina accedió al último escalón, al nivel del mundo, con una sensación insalvable de alivio. Con la intención de estirarse despertando de la modorra ocasional. Se sacó los "anteojos vincha" para usarlos como "anteojos anteojos". Detrás del acrílico barato de costosa y conocida marca, descubrió poco de rosa en la Rosada y poco de celeste y blanco en la enorme bandera que intentaba azotar desde la mitad de la plaza el Ministerio de Economía. La incomodó el hombre que subía detrás de ella en la escalera, y que perseguía las agujas del reloj en la corrida imposible de quien se descubre en el delito de llegar más tarde de lo planeado. "Jóse" tuvo que dar esos dos indeseados pasos que fuerzan la costumbre de esquivar la multitud de a uno.

Jorge tanteó caminando los mosaicos de piedra en la acera más antigua, al frente del edificio de la Revolución de Mayo, y descubrió los mocasines gastados y hambrientos de pomada y brillo. No era de fumar mucho según sus palabras, aunque no dejaba de ser un buen cliente tabacalero. Por eso levantó sólo la vista, deteniéndose a buscar debajo del pullover de delicado color crema y en el bolsillo de la camisa apenas marrón, el atado de puchos y su contenido de vicio en porciones de siete u ocho centímetros redondeados. Con la calma de sentir el filtro en sus labios y el papel apenas pegado a su humedad, desparramó los dedos de la mano derecha por cada uno de los bolsillos del jean, hasta que encontró el "zippo". Un encendedor de culto por el que había pagado más que lo posible o lo admitido por su presupuesto.

En la esquina, Josefina, condenó la melena de su pelo lacio a permanecer sujeta detrás de sus orejas, con ese delicado toque de coquetería que descubrió pequeñas perlas blancas en el lóbulo de sus orejas. Caminó hasta donde el semáforo peatonal la dejó, y aunque pensó averiguar su capacidad aeróbica para aprovechar los metros que separaban al taxi del colectivo que venía, no intentó cruzar. Aunque aceptó el riesgo de bajarse del cordón de la vereda para esperar unos centímetros más abajo.

Jorge, que no es ni ha sido un tipo lanzado, sí es un mirón profesional, no hay detalle que se pierda a la velocidad rapaz de su mirada cuando la presencia femenina está próxima. Así, descubrió de la mano a la mujer de sus sueños con un pibe que podía ser su hijo; claro ella también podría ser su hija pero era demasiado sensual para pensarla como tal. Pero la pareja se perdió raudamente en la otra esquina con destino ignoto pero con una sexualidad ardiente.

Fue después de perderlos de vista que puso los ojos en el pelo de "Jóse", Josefina Amacio Villar, contadora pública, divorciada sin hijos, de amantes ocasionales y agnóstica del amor. Quizás por los colores de la ropa que no eran malos ni mucho menos, calculó la edad, multiplicando por el aspecto de sus manos, dividiendo por el cutis al alcance de su vista y aplicando la raíz cúbica de la fuerza de gravedad aplicada a sus curvas: cuarenta y dos años seguro; pensó sin permitirse lugar a dudas.

Ella cruzó la calle ejerciendo esa habilidad mitad felina e intencionalmente femenina de amasar las formas caminando, sobre todo cuando se presiente la mirada masculina acariciando con halagos ese ego turgente moldeado a fuerza de estocadas y poco dulce de leche. Ya había decidido a esa altura caminar por la plaza y llegarse hasta las ruinas de la aduana antigua, con el objetivo de no dejar baches de historia sin visitar.

Jorge Barceló, administrativo, empleado ocasional de una importante cadena de librerías, había perdido la brújula y aceleró el paso sin llegar al ritmo del pulso, intentando vencer ese temor desconocido que muta con el tiempo de inocentes mariposas en el estómago, a perversas polillas en el pene o malditos gases inoportunos. En sus ojos parecía mirar al destino cara a cara, el que fuese, siempre que estuviese ella en el punto de llegada, pero la postura seguía siendo la de un fumador dispuesto a quemar el filtro de un cigarrillo exhausto, que ya no escondía el forzado acto de disimulo.

Tropezó ella justo antes de llegar a la esquina con una de esas históricas baldosas flojas que debieran declararse monumento nacional. Alcanzó a reponerse del traspié sin perder la línea totalmente, pero no pudo evitar descubrirse acalorada y que se desparramara el contenido infinito de su bolso mientras buscaba con la mirada el milagro de no ser vista así.

Él llegó justo para alcanzarle la tijerita china plegable y una lima de uñas roja. Ella le agradeció simulando un enojo superlativo y descubrió esas canas irresistibles a los lados de unos ojos celestes profundos pero cálidos como el Caribe. Así, distraída volvió a desparramar las sombras, los dos delineadores y los tres lápices labiales preferidos. Es que no pudo acertar en la pequeña boca del bolsito amarillo de cosméticos.

Jorge creyó entender el dolor de su tobillo, por la expresión de una sonrisa avergonzada que pretendía ser a la vez un acto de heroísmo femenino. Le resultó hermosa con la certeza de la cercanía.

Cuando "Jóse" intentó pararse, supo que no llegaría a la feria de San Telmo para comprar ese sifón azul que quería convertir en velador. No podía caminar, la torturaban los aguijones del dolor. Al menos ya no podría hacerlo sensualmente. Y empezaba a incomodarse y enojarse con su torpeza que creía a esta altura genética.

Jorge bromeó con la suposición de que en ese bolso lleno de cosas seguro no traería un tobillo de repuesto, y eso despertó la primera de las risitas coincidentes pero aun poco cómplices.

De todos modos "Jóse" alargó los tiempos al bajar y subir sus párpados proponiendo una mirada distinta. Jorge apenas propuso un café casi sin aliento, como si estuviera confesando sus intenciones más profundas.

En otra esquina, a la que no recordarían nunca cómo llegaron, el elixir colombiano resultó mágico para el tobillo de ella y el alma de ambos. Le exigieron al mozo meditabundo cambiar azúcar por edulcorante, pero le pidieron los saquitos de papel con las frases del destino para jugar a no creer en pavadas.

"Jóse" no pudo evitar reírse con la mano apoyada en su boca cuando leyó para sí "Nunca es tarde para encontrar el verdadero amor". Jorge en cambio se acomodó en la silla sacando pecho, conteniendo la respiración para esconder esa barriga incómoda mientras jugaba con la bolsita de azúcar que tenía la leyenda "No dejes para mañana lo que puedes hacer hoy".

VIDA SUBTERRANEA

Se apura para tomar el subte. Sabe que cinco minutos, hacen la diferencia entre poder maquillarse sentada cómodamente mientras viaja o viajar a los empujones con cara de culo lavada.

Cuando camina rápido, tan rápido como ahora, siente la pantorrilla de sus piernas arder, que anticipa la contractura y la molestia para el resto de la jodida jornada. Quizás las botas de taco alto o el esfuerzo por no resbalar o simplemente ese intento absurdo de esquivar la lluvia, que sin fuerza, insiste con la complicidad del frío que se cuela por debajo de la pollera larga.

Tanta ropa no alcanza. Ni para evitar el frío, ni para escapar de la humedad. Resulta exceso de equipaje. Pero avanza rápido, al mismo ritmo de tranco largo, sonriendo. Le sonríe cómplice a la vida que la sorprende cada tanto, en algunos días, pero nadie se percata de eso y seguramente no la entendería.

Está cerca de la escalera que se hunde en la vereda, casi a los pies del florista. Baja tan rápido como puede a expensas del esfuerzo del pasamano. Estación Olleros de la línea D de subterráneos.

Se siente cansada pero luce radiante. Lo que sigue es molinete, piropo del guardia, espera breve, formación que llega, puertas que apuran y asiento bendito.

La gravedad anticipa y refuerza su voluntad de dejarse caer. De caminar corriendo a sentarse, sin transición. Lugares hay, mirones también. Desarma el envoltorio de abrigos, los dobla sin cuidado sobre la falda, revisa si el celular está encendido, ignora a los babosos, y trata de domar un despeinado prepotente. Luego se tira de cabeza en el bolso. Allí esconde, entre otras cosas, secretos en pequeñas porciones, recuerdos en servilletas, pastillas de menta, perfume, tampones, la novela interminable, llaves, lapiceras, una agenda que se empeña en desafiar los límites calendarios y el neceser que revienta de magia en maquillajes.

Se enfrenta al espejo recostado en su mano, para ponerle color a sus labios, mentirle al mundo sobre la forma de sus ojos o las ojeras de su alma. Alarga las pestañas y reparte polvo traslúcido. Se encapricha con el pelo húmedo y caprichoso, cepilla con desgano y desiste en el intento.

Sonríe mientras guarda todo. Había empezado a preocuparse por el Doctor Rodríguez y su manía de recordarle a todos, durante los días hábiles, que su título de abogado le dio dinero y el dinero además de disgustos, empleados mediocres o inútiles dependiendo del humor de cada día.

Así era empezar todos los días la última etapa del viaje que la acercaba a su puesto de trabajo y éste a su sueldo de todos los meses.

Sin embargo prefirió revivir el ahogo de su alma en esos labios y el revuelto de cama. Recordar el por qué de las sábanas enredadas, las medias sin pares y las prendas íntimas de paradero desconocido. Le bastó retroceder un día, una de esas fechas sin homenajes que se escurren entre los dedos pero que la dejó así de cansada o de satisfecha.

Recordó la espalda que recorrió de memoria como con las manos, el oportuno calor húmedo de su entrepierna, la aspereza de esa barba masculina de trasnoche agrediéndole el cuello sin querer o sobre la traidora entrepierna, queriendo.

Respiró profundo otra vez y sin abrir los ojos estuvo de nuevo en la mañana del domingo sin desayuno. Él, incendiando el aire con su perfume a hombre y sus manos paseándose por donde no debían y ella quería, aun cuando todavía no pudiera empezar a despertarse. Bendijo aquel mordisco exacto a sus pezones dormidos y pudo casi volver a sentir esa ausencia de aire que la obliga siempre a suspirar visceralmente después.

Ahora mantiene los ojos cerrados con tanta fuerza como decisión, mientras se amontona gente y estaciones a su alrededor. Escapándole a la rutina aburrida del viaje, ha decidido revivir de memoria esa siesta ahogada en fluidos propios y ajenos, donde encontraron equilibrios absurdos en posiciones improbables. Siesta sin sueño, pero como si fuera precisamente uno.

Vuelve a sentir las mariposas en el estómago y esa sensación en el cuello que la obliga a tener escalofríos y calor en simultáneo. Hormigueo en sus pechos y electricidad en las piernas. Extraña esos ojos en sus ojos y el instante diminuto donde ella ruega en silencio que él siga, pidiéndole a los gritos que por favor se detenga.

El vagón ya es gente sobre gente. Casi sin aire, sólo hay lugar para los carteristas infaltables y su habilidad sublime de malograr días de otros apropiándose de cosas ajenas.

Sentada, ella intenta minimizar el espacio que ocupa, una muestra de simple buena voluntad que agradecería cuando es ella quien viaja sin asiento. Sabe que en tres estaciones más, deberá enfrentar la jungla de brazos y sobacos, maletines, mal humor, una garantida tocada de culo y algún codazo intencional. Todo para alcanzar la puerta, sin perder sus pertenencias ni su dignidad e iniciar una rutina que ni siquiera justifica el anémico recibo de sueldo.

Cuando la estación Callao desaparece de la ventanilla, a ella no le hace falta ninguna excusa para negarle otra vez la visión a sus ojos con los párpados cerrados y rescatar del olvido las habilidades de Marcelo en general o las de su lengua en particular. La asalta el recuerdo de la carne latiendo caliente, suculenta y sabrosa. Salvajemente tentadora.

Evoca la noción del frío de la mesada en su desnudo, el resbalar sobre la mesa del comedor, lo peligroso de cabalgar en la bañera, la fricción de la alfombra en su espalda o el concierto de gemidos en el dormitorio. Su memoria duele, arde, transpira, retoza, goza y cansa.

Abre los ojos. Busca telépates entre los pasajeros y por suerte no los encuentra. Se acomoda la ropa, pero igual sigue incómoda. Se sonroja sola, no extraña a su pareja, la perturba la distancia con su hombre y eso la hace sentir culpable, apenas una hembra.

En la estación Catedral, el arribo la obliga al empujón inhumano y a pedir permiso sin ser amable. Alcanza el andén apenas, no sin luchar con las puertas para que liberen su impermeable. Recupera la compostura para volver a abrigarse, mientras la multitud la deja atrás a la carrera.

Sube las escaleras y otra vez la lluvia, el frío, el tránsito alborotado y los ruidos. El mundo real asesina a su libido. La empleada administrativa comienza a fagocitar a la mujer, cuando su teléfono personal proclama su utilidad trascendente a los timbrazos. Parada en la esquina, antes de avanzar debe elegir entre cruzar la calle ahora o leer el mensaje de texto y esperar el próximo verde del semáforo.

Revuelve el bolso otra vez, atrapa el minúsculo aparato y lee: *"Tngo ganas d hacert el amor, te xtño, t amo y t dseo"*.

Ella ensaya una carcajada corta que oculta con sus manos. Sonríe, vuelve a lucir radiante, sabe que eligió bien la combinación de encaje negro que coronará el regreso a casa.

Entonces el mundo toca retirada, sabe que el día recién comienza, pero la batalla acaba de terminar en su contra.

COSA DE TODOS LOS DÍAS

Empezó a llover cuando bajaba del 132. Una cortina de agua, se empeñaba en oscurecer su ropa de abrigo. Sin reparo, y resignado a la ducha involuntaria, protegió en un abrazo el sobre con papeles. Los apretó contra el pecho intentando evitar los charcos más profundos de la vereda de Paraguay al 900. No sabía del pronóstico. Nada, si no hubiese buscado el paraguas negro que hace tiempo no veía o el pilotín de pendiente tintorería. No había tenido tiempo o simplemente no había querido averiguar sobre el clima. Dobló en Suipacha y cruzó por la mitad de la calle. Corriendo, apurado por un taxi que incrementaba su velocidad a la salida de un viaje. Pasando por la panadería se dejó tentar por el aroma dulce de facturas recién salidas del horno. Pero no entró, miró el reloj y decidió no perder ni un minuto. La lluvia jugaba a ser diluvio y la gente desaparecía de las calles o abarrotaba los pocos refugios casualmente disponibles.

Cuando cruzó avenida Córdoba, el agua no caía, corría en horizontal o montada en remolinos, se burlaba de cualquier paraguas o abrigo. Llegando a la otra vereda sintió el agua invadiendo sus zapatos. Humedeciendo las medias. Incomodándolo como pocas cosas. Pegó en el piso una patada con la planta del pie más en señal de protesta que como recurso. Cuando miró el piso, el pelo soltó gotas largas y el peinado se desdibujó en un mechón uniforme tirado hacia adelante. Dejó de preocuparse por la lluvia y por alguna extraña razón recordó revisar el bolsillo derecho abultado del saco. Tanteándolo por fuera para encontrar ese relieve familiar esperado. Abultado sonó a llaves golpeando contra algo hueco.

Cuando llegó a Viamonte esperaba que la oficina pública ya hubiera abierto. Se decepcionó inmediatamente al ver que la cotidiana larga espera, sólo la integraban unos pocos testarudos anfibios. Ocupó su lugar sin mirar demasiado la puerta que empezaba a abrirse. Por lo menos, tenían la gentileza de adelantar el horario de atención al público unos 10 minutos. Entraron todos mascullando bronca contra el temporal. Él prefirió el silencio a la conversación inútil. Simuló imitar a los demás en movimientos estertóreos.

El piso se inundó primero de gotas, luego fue charco. En la mesa de informes donde entregan los números, las chicas de 40 y pico todavía tomaban mate. Él, que estaba primero afuera llegó segundo, retrasado al intentar secar su impermeable y doblarlo para evitar la humedad encima.

La mujer que pidió ser atendida, pareció equivocar la táctica. Las omnipotentes empleadas públicas miraron el reloj y siguieron deliberando sobre el final de la telenovela de la noche ignorando al resto del mundo.

La fila volvió a formase entre resoplar de quejas y comentarios al aire. Cuando llegó la hora de inicio laboral, más gente entraba al edificio corriendo. Resbalaban en un charco de agua en la entrada. Los manotazos equilibraban los cuerpos lanzados hacia adelante.

Cuando él llegó a la mesa de informes, lo saludaron cordialmente, quizás ya lo conocían mejor que al resto. Su cotidiana insistencia para culminar un trámite llevaba para entonces 38 días hábiles consecutivos. Esta vez, suponía haber completado todos los requisitos. No faltaban ni formularios, ni sellos, ni timbrados pagos. En suerte le tocó el número 21, para las ventanillas 40 a 55. De memoria caminó hasta el fondo, doblando a su derecha. De memoria repasó con una mirada rápida los números y el indicador de prohibido fumar. Cuando llegó a la primera ventanilla de las asignadas, reconoció a quienes atendían las dos habilitadas para la atención al público. Esperó su turno, otras tres personas esperaban antes. Todas se fueron malhumoradas, sólo uno cabizbajo.

Llamaron por su número. Se acercó a la ventanilla 46 dejando un rastro de agua apenas perceptible. La mujer le sonrió sin disimulo. Varias veces había atendido y rechazado el trámite de este hombre gentil que nunca abandonó la corrección y la compostura. Y que a pesar de constantes formularios incompletos o mal confeccionados, seguía con su expresión tranquila. Se saludaron sin solemnidades casi cómplices. Íntimos.

El guardia de seguridad que recorría el salón enorme, seguía las quejas de los ciudadanos de trámites en pena, tratando de pasar desapercibido. No era raro que alguno intentara agredir a los empleados o atacar el mobiliario. Caminaba a la altura de la ventanilla 50 cuando sus años de experiencia lo alertaron sobre movimientos extraños en la 46. Allí atendía Josefina, una mujer de 58 años que conservaba rasgos de una hermosa joven detrás de su atuendo clásico de colores pasteles. A pesar de la diferencia de edad, el guardia como tantos otros, era admirador de los ojos azules de Josefina que escondían en su profundidad desamor y decepciones sentimentales.

El hombre que ella misma atendía, estaba empapado. Desalineado por la improvisación de un peinado que se secaba conforme el capricho de la calefacción del lugar. El guardia decidió acercarse cuando vio que el hombre se colgaba suavemente del blindex grueso que lo separaba de Josefina. La estatura mediana que ostentaba le exigió ponerse en punta de pies para ello, pero logró asirse y asomar la cabeza por sobre los límites permitidos. Roldán, como conocían todos al agente de seguridad, tomó el palo de la cintura aprestándose a actuar. El hombre, que seguía encaramado sobre el mostrador y el vidrio, buscaba en su bolsillo desesperadamente.

Cuando Roldán estaba pronto a asestar el golpe a la altura de los riñones. Josefina imitó al desconocido. Apoyó sus pies sobre el travesaño de la banqueta, acercándose al hombre que tenía enfrente. Se fundieron en un beso cursi, destemplado, de labios inexpertos que enfrentaban la tibieza desconocida de otros labios casi por primera vez. El guardia alcanzó a frenar su impulso dejando caer su bastón.

Finalmente el hombre sacó del bolsillo de su saco húmedo una pequeña caja aterciopelada de color púrpura. Se la ofreció a Josefina, quien se apuró a descubrir en su interior una promesa de amor engarzada en el anillo. Afuera, el sol amenazaba con levantar una humedad espesa, adentro casi todo el mundo murmuraba por lo bajo su frustración. Nadie festejaba ser atendido o la finalización de un trámite. Quizás por eso nadie se percató de esa pareja de solitarios adultos que abandonaron el edificio tomados de la mano, con una sonrisa inusual para esa dependencia oficial.

AMOR A LO MACHO

Apenas abrí la puerta del departamento, lo supe. No hizo falta siquiera entrar, la puerta entreabierta con la llave puesta aún en la cerradura dejaba que el perfume te preanunciara. Sin pausa, en esos instantes eternos, pensé en mi apariencia, corregí la postura. Apenas la corbata. La barba de unos días y el peinado no tenían arreglo. Decidí entrar sigiloso como pidiendo permiso en mi propia casa, que no era hogar. Le faltaba esa calidez particular de lo ordenado sin orden. De pretender que las cosas tengan su lugar sin que hubiera suficiente para todo.

Asomé la cabeza esperando encontrarte parada en medio de la sala con los brazos cruzados, la cabeza levemente inclinada hacia la derecha y el repiqueteo del pie izquierdo pretendiendo marcar el ritmo del reproche que extrañaba. Sin embargo no estabas ahí. Cerré la puerta con el sigilo de quien busca no despertar a nadie. Pero en realidad buscaba algún sonido familiar que revelara tu ubicación en este departamento de dos ambientes pequeños, que solía ser un desierto los viernes a la noche y un infierno los sábados a esa misma hora.

Tu presencia suponía cortar la ausencia de antes, de tanto tiempo de sábanas frías y silencios helados. Escuché la canilla de la cocina gotear como siempre, me arrepentí en el acto de no haber cumplido la promesa de hace años y cambiar de una buena vez por todas el dichoso cuerito.

Me sobresalté de repente. Me sentí indefenso, agobiado, derrotado por las circunstancias. Sin siquiera mirar alrededor, ni trasponer el pasillo hacia la cocina, me percaté de la mugre que me acompaña en solitario. Un desorden postergado para cuando pueda o tenga ganas, "total no viene nadie". Y ahora, si estabas en casa de nuevo... me descubrirías en mi pesada amargura y desgano de lavaplatos.

"Pucha", pensé que hubiese sido bueno que si venías a verme te encontraras con el "amo del universo", el dios del que erróneamente habías renegado y te enceguecías ahora con el aura de mi triunfo sobre el tiempo y la soledad. Hubiese pretendido que encontraras incluso un toque de sofisticación. No sé, algo de jazz entre los cds de cumbia, aunque detesto el jazz. O ¿por qué no?, ropa femenina del tamaño de las modelos, como para que supieras que eres bienvenida al reino de un "sex symbol" y sólo como una licencia que te doy por decisión propia.

Pero no... Si es que aún estabas, estarías seguramente desmayada o exhausta de tanto gritar frente a los especímenes gigantescos de cucarachas que me ganaban la batalla a su manera, perseverando, sabiendo que en el fondo las terminaría por aceptar como parte del mobiliario.

Sentía tu perfume a pesar del olor a humedad que seguramente estaba ahí desde que te fuiste o un poco más tarde. Olor que ahora reconozco por oposición a ese aroma tuyo tan especial y único, que hasta me da bronca de reconocerlo como si fuese un perro en celo. No es la fragancia, sino la profundidad de ella, ese toque único y permanente que en alquimia perfecta le otorga tu piel a cualquier perfume. Huele a jazmines, sobre la superficie frutal que habrás comprado para todos los días.

No estabas. Ya no estabas. En la cocina, en el baño o en el dormitorio, sólo estaba tu éter. No esa hipotética substancia extremadamente ligera que se creía que ocupaba todos los espacios vacíos como un fluido, sino como el disolvente orgánico o anestésico o antibiótico o lo que puta fuese.

Por lo pronto mi corazón sin anestesia se disolvía y con la cara entre mis manos sentado en la punta de la cama deshecha, sentía que mi alma se escurría en lágrimas estúpidas.

Tonto, engañándome, como si mis miserias evidentes fueran soportables o aceptables. Como si pudiera ofrecer abrigo a tu perfume en mis brazos y contenerlo en caricias de privilegio, y así olvidarme del bendito fútbol o las películas de acción como vos querías.

Me incorporé sin ganas, levantando las medias sin pares más cercanas desparramadas a desgano y con intención de no levantarlas jamás. Hediondas, olvidadas, descosidas y teñidas de cualquier cosa, fueron a parar al baño de un sólo manotazo. Bronca en bronca. Calentura por la inocencia absurda de creer que tu perfume te anunciaba, te pintaba de cuerpo presente y resultó despintarme una ilusión minúscula.

No sé. Pensé que si estabas podríamos tomar unos mates, que me contaras de tus días y yo, si me acordaba, poder contarte del mío. Pero prefería escucharte. Bah!, mirarte en realidad. Me gusta ver en tus ojos ese entusiasmo con el que vivís la vida. También me encanta descubrir esos "dientitos" alineados, blancos, que juegan a las escondidas entre tus muecas y los labios. Uuuuh, y si pudiera besarte, besarte como antes...

Con la humedad ansiosa del amor en llamas y no con ese beso seco de compromiso diario. Casi puedo imaginarte ahí, de ese lado de la mesita rebatible de la cocina. Mientras cebás mate dulce al compás de tus gestos de baile. Vos en la silla negra con el respaldo desnudo en goma espuma y yo, en la banqueta marrón caoba, incómoda para sentarse, pero certeramente elevada para regalarme un poco más allá en ese escote que recuerdo normal, aunque tan excitante al descuido.

Ni hablar que si pudiéramos,   y quisieras claro, haríamos el amor descontroladamente. No bruscamente, sin control de horarios, sin cuidarnos del desgaste físico y sin guardarnos nada. Me imagino cumpliendo tus deseos, esas fantasías que descubrí con el tiempo y que creías horrorosas y resultaron celestiales. Reclamarte en cada lugar y en cada escena un orgasmo tuyo, como una ofrenda a tu regreso y sepultura de aquella despedida agria.

Pero no estás. Y ni siquiera tengo ganas de tomar mate ni mirar fútbol. Y vos sabés que por ambas cosas soy capaz de dar un riñón, sin exagerar. Nada, ya no huelo tu piel y la distancia vuelve a abrazarme. Otra vez las cucarachas, las medias, la humedad y la mugre. El infierno de mi soledad por tu ausencia.

Lo sé. Resulté insoportable, o inofensivo, ingrávido o simplemente ausente de tu vida. Si no hablamos, porque no hablamos y si hablamos porque terminábamos discutiendo.

Cuando te fuiste aquel día, la verdad creí que volverías. Por las tuyas, por eso ni pregunté a dónde ibas. Suponía que tu hermana o tu vieja serían un paliativo corto para tu tristeza inentendible o ese enojo inexplicable.

Te llamé a los 15 días a lo de tu hermana. Me dijo que no estabas con ella ni con tu vieja, no podía creer que te habías ido con otro. No me dolía, simplemente no lo creía. Fue así.

Más tarde alguien me dijo que te fuiste con el pelotudo que atendía la carnicería del supermercado chino. Un paraguayo, ¿podés creer? Me dejó por un carnicero, a mí. Justo a mí, un tipo predestinado al éxito, con una carrera por delante como administrativo municipal, perito mercantil, con conocimientos de inglés y manejo de PC.

Me acuerdo que después de imaginarte encamada con ese negro de mierda, contraté unas trolas baratas. No quería gastar mucho por un rato. Pero no hubo caso, a veces no podía y si podía no quería. Y vos con ese por ahí, haciendo quien sabe qué cosa.

Por suerte se me pasó rápido, los celos no son mi fuerte durante el Mundial de fútbol. Cuando nos volvimos en primera ronda te eché la culpa a vos. Sí, a vos que no sabías planchar el cuello de las camisas, ni el jean con raya o preparar un postre casero sin comprar las cajitas.

La puta madre. Ahora me doy cuenta. Estuviste en casa seguro. Claro, te debés estar muriendo por volver. Estarás ansiosa de tenerme en tus brazos y sentirte verdaderamente mujer como sólo yo puedo hacerlo.

Sí, seguro. Era eso, tuviste un momento de calentura y viniste a verme. Te cagué, no me encontraste, tilinga...

Abrí la ducha del baño y me desvestí. Estaba a punto de entrar a bañarme, cuando me tomó por asalto la idea. No lo podía creer. No podía ser. Pensé que era un perseguido. Intenté negarlo, pero fui incapaz de saltar la sospecha. La inquietud me llevó desnudo hasta el living, prendí la luz y de un manotazo me puse los anteojos. Busqué en el mueble donde se amontonaban papeles y facturas pagas o por pagar.

No la encontré. Por Dios, no estaba. No estaba y punto. Se la llevó.

Fue entonces cuando vi que en el mueble de los cds había dos espacios vacíos. Faltaba algo ahí también, ¡Ahora sí! No lo podía creer. Era una pesadilla evidente.

Yo, que nunca cambié la cerradura esperando que volvieras con la cola entre las piernas a pedirme perdón. Yo, que incluso estaba dispuesto a olvidar tu traición y disimular mi enojo con razón, ahora sentía el puñal de tu traición en la espalda, perfumado mortalmente.

¡Perra maldita, ojalá te mueras, mirá!. ¿Sabés que podés hacer con todo eso? Metértelo donde quepa y seguro que cabe sin problemas en cualquier lado sin enrollarlo. ¡Yegua, prostituta barata, traidora...!

Sos igual que todas al final. Mañana cambio la cerradura.¿O crees que vas vivir a costa mía? No, se acabó.

Volví al baño, no sin antes dar media vuelta de llave a la puerta de entrada. Bajo la ducha todavía no podía creer que fueras capaz de semejante cosa. Llevarte la estampita de San Cayetano que tanto querías sin avisar, como los ladrones. Era casi infantil, una provocación. Aunque si sólo fuera eso, vaya y pase. Sin embargo llevarte esos cds, eso sí que no te lo perdono.

Claro, dónde vas a conseguir un clásico como ese disco de Juan "Corazón" Ramón o el de los Quilla Huasi que compraste un día de la primavera sin mi permiso y que tanto me gustaron al final. Lo hiciste a propósito, para joderme.

La ducha fría no me hizo bien, me puso triste.

Estuviste. Lo sé por el perfume. Y volviste a irte. ¡Qué ingrata!, pero qué bonita que sos, tan joven y con esa piel tan suave...

Te llevaste lo que más quiero sin avisar, y te perdono de nuevo.Quizás no cambie la cerradura. Aunque voy a tener que limpiar un poco. Por ahí, antes de que empiece la Copa Libertadores te cansás del carnicero y volvés.

Sí, por ahí volvés de una vez por todas con alguien que te quiere bien y de verdad, venís a casa otra vez como antes, volvés conmigo de nuevo, con este macho cabrío que no tiene vergüenza de llorarte así como te lloro, hija de mil putas.

Me merezco otra oportunidad. Yo te doy otra a vos también. Dale, volvé. Por favor. Volvé!

UNA EN TREINTA MILLONES

– ¿Viste que esto de los blogs, suele ser desconcertante Cacho?

– ¿Por?

– Y... un día nadie tiene página web y a la otra semana todo el mundo tiene un blog, todo se confirma por celular, te lo piden por mail y se hace el novio por mensajitos de texto, lo único que falta es que encarguemos bebes por acá...

– ¡Pará loco! ¿De qué hablás?

– Por acá, por la máquina, por el celu y la computadora quise decir!

– Ahhh, me asustaste. Te vi así de chomba rosa a la mañana, fuiste al recital de Soda y ahora esto... Digo, bueno... el Loco se hizo marica...

– Cacho, no... Eeeeeehhh?!!!!!!

– ¡Bueno, che, una joda! Qué te crees? Estoy hasta las manos y vos navegando en esos blogs o qué se yo cómo se llaman.

– ¡Ah, sí!!!! Ahora sos el primer laburador. ¿Qué te pasó

Cacho, ¿mal finde? ¿Se negó la bruja?

– No, que va, la bruja es una leona en primavera. Lo que pasa que fuimos a lo de mi suegra el domingo. Día de la Madre.

– Uuuh, claro, no tenías la excusa de tu vieja.

– Ni me hablés...

– Dale, Cachito, ni que fuera tan jodida

–¿Jodida? Mi suegra es la hija de una ex presidenta del sindicato de putas. ¡Flor de hija!!!

– Muy bueno, muy bueno...

– No, de verdad... la vieja se crió en un prostíbulo, la abuela de mi jermu era trola. De las de antes viste.

– ¿Y qué diferencia hay ahora?

– Bueno antes parece que era más exclusivo. Según la vieja la "chuchi", como ella dice, sólo la veía y tocaba en privado el que pagaba.

– ¿Será así? Alguna vez se habrá hecho sacar una foto en bolas.

– ¿En bolas? Si, en las fotos que ví, tenés que adivinar el grosor del cuello porque apenas se le ve...

– No digas...

– Sí! Te digo. Pero, después de todo, fue un finde productivo.

– No me digas nada, viste los Pumas, ganó River, qué más podes pedir...

– ¡Callate! Me quedé sin cable

– Te olvidaste de pagarlo. No te perdonan una loco. Son terribles...

– No, no, me descolgaron, hacía como un año que estaba trucho.

– ¿Y entonces? ¿Por qué fue productivo?

– Me di el gusto, descargué las broncas de años con la suegra.

– ¿No?,¿Le cantaste las cuarenta?

– Algo así…

– Con razón el mal humor. ¿Tu mujer te echó de la casa, entonces?

– ¡Calláte, gil!.¡No entendés nada!

– ¿Entonces?

– Era el Día de la Madre, así que, jugado por jugado, con la visita a mi suegra, le propuse ir al cementerio.

– ¡Qué tierno!.

– Sí. Cuando llegamos allá, le pregunté a la vieja cómo se había criado ella en ese ambiente, el del "cabarulo" de antes. Dijo que la madre la había cuidado y separado a tiempo de los "pecados de la carne".

– ¡No jodas!

– Sí, así me dijo. Entonces le digo a mi suegra: "La verdad que su madre por ser una puta fue muy inteligente."

– ¿Y qué te contestó?

– "Sí", me dijo, "fue además muy respetuosa de mis cosas y me mandó a la escuela a estudiar para progresar. Aunque siempre respeté y respeto a las mujeres de la noche. Bueno, a las de ahora no porque son poco profesionales, salen en todos lados mostrando todo, como en lo de Tinelli."

– Y... un poco de razón tiene...

– Entonces vi la oportunidad. Soñada, única, un golazo de media cancha. Pretendida por cualquier yerno o nuera, una posibilidad de una en treinta millones...

– ¿De qué hablas?

– ¡Dejáme que te cuente, che! Temeroso y un poco buscando el tono correcto en mis pensamientos le dije: "Suegra, la verdad que usted con la infancia que tuvo, es toda una mujer de su casa. Digo..., por ser hija de puta... ¿no?"

– Noooooooooo, ¿así de una le dijiste?

– ¡Síííí!, ¿no ves la cara de sueño que tengo? El codazo de mi mujer no me dejó dormir en toda la noche. Creo que me rompió una costilla. Pero la vieja se emocionó con lo que le dije. Y yo también. Imaginate. SE LO DIJE!!!!

– ¡Cacho, sos un genio!

– Che... ¿y qué decías de la internet?

– No, nada, que estos de los blogs son un desastre. No sabés cuándo escriben, cuándo no...

– Che, ¿te parece si hoy nos clavamos un choripán de costanera?

– ¡Estás loco! Tenemos como cuarenta minutos de viaje en el 103, más la caminata...

– Yo pago, ¡Dale!!

– ¡Uh. Vamos, entonces!. Incluí la birra, ratón, eh!

–Pará, pará, cerrá internet que después dicen que no laburamos.

–Tenés razón loco. Se la pasan con eso del "mesenyer" y nosotros laburando como perros.

–¡Daleeee. Vamos!.

CON SECUENCIAS

I

El cielo era una autopista de velocidad sin límites para nubes tan oscuras como los hechos que esta mañana habían conseguido lo que en muchos años había evitado, alterar su vida por completo.

Cuarenta y nueve horas sin dormir en una cama. Dormitando al volante del auto, había decidido la tregua en cualquier costado del camino. Los ojos le recordaban la falta de descanso con un dolor intenso y el espejo le había devuelto en el baño rasgos gastados y violetas bolsas por ojeras.

En la pequeña habitación del hotel se percataba de la falta de noción del tiempo. ¿Qué día y hora eran exactamente? Lo desconocía por completo. El reloj no estaba en la muñeca izquierda, sólo conservaba el reflejo de buscar allí una referencia temporal que le resultaba poco útil en su situación.

Después de orinar y lavarse la cara, se descalzó y caminó hasta la cama en donde dejó caer el cuerpo pesadamente sobre el colchón barato que apenas amortiguó el impacto. El olor a humedad que no había sentido al llegar apurado le molestaba tanto como la jaqueca.

Sabía que dormir sería poco probable dado su estado de nerviosismo agudo. Se llevó las manos a la cara, suspiró y pensó en volver atrás el tiempo. Evitar todo, esquivar los segundos en los que su vida desapareció.

Lo alteró algún ruido afuera y buscó desesperado las llaves del auto. No estaban en el pantalón ni sobre la mesa de luz. Lo invadió la bronca, puteó y golpeó el borde de la cama. El dolor de la mano lo acompañó afuera.

El sol le punzó las pupilas y tuvo que usar la mano dolorida como visera. Fue hasta el auto trotando, con la insensibilidad que se tiene en un cuerpo cansado más allá del límite de lo acostumbrado.

Ninguna de las puertas estaba abierta. Giró sobre sí mismo, agregando desprolijidad al desordenado pedregullo del estacionamiento improvisado, bajo la hilera de árboles añejos.

Con bronca golpeó el auto tirando un tacazo hacia atrás y pensó que quizás las habría olvidado en la recepción del hotelucho que, por su cercanía a la ruta, había coincidido como lugar de descanso circunstancial.

Empujó la puerta con la provocación que le salía, convencido de que era del conserje la culpa del extravío, o al menos, la desatención de no haberla acercado a la pieza, que irónicamente llamaban habitación 18.

Pero no encontró a nadie detrás del mostrador.

Gritó "holaaaaa", varias veces, cada una con un toque creciente de enojo y volumen. Nadie contestó. Pensó en reventar a patadas el mostrador, claramente construido en aglomerado enchapado y abrillantado por un barniz tan antiguo como la cabeza de ciervo embalsamada en la pared y no menos desagradable.

Escuchó desde el fondo el chillido metálico de un elástico de alambre y posteriormente el golpe seco de madera contra madera.

Quizás el instinto de supervivencia o el estado insomne lo puso en guardia, una guardia de boxeo baja, intentando la sorpresa como factor irremplazable de éxito.

Por el pasillo y abrochándose los pantalones caminaba sin levantar la vista el encargado del lugar. Tan gordo como su estructura ósea le permitía y su salud soportaba al límite. Cuando este levantó la vista, la sorpresa interrumpió la intención ascendente de subir el cierre totalmente.

– Diga

Habló por compromiso, acto reflejo de alguien que pasaba su vida detrás de un mostrador esperando el milagro de un cliente en su recepción.

La figura humana delante de él era casi una sombra. Sólo mirar los ojos inflamados y llenos de pequeños vasos ramificados y rojos era preocupante.

– ¿La llave?

Dijo gravemente con aquellos labios pálidos y con el tono de pregunta exigente, amenazante.

El gordo buscó en algún lugar de su cabeza, más dispuesta a la siesta incondicional y diaria, una respuesta coherente. Algunos segundos después, le recordó con un enojo lleno de formalidad empresarial que "si había perdido la llave del cuarto asignado debía reponer el costo de la misma a la administración y que ese costo era...". No terminó la frase.

Nunca había disfrutado mucho de los deportes en general y el boxeo no entraba a su entender en la categoría. De todos modos alguna vez, obligado por el devenir en el orden de las decenas de canales de la televisión satelital, había observado un intercambio de golpes.

Sin embargo, nunca sabría que el puñetazo lanzado a la cara del gordo era un cross de izquierda como para hacer historia.

El conserje de peso excedido recibió el golpe con todos sus labios, aún grasosos por el sándwich de milanesa completo y de rebalsante mayonesa. La piña era inexplicable a su entender, entendimiento que ahora se minimizaba al grado de la semiinconsciencia. Sus piernas intentaron retroceder uno o dos pasos, pero no fueron ni siquiera uno, su mano derecha buscó el apoyo del mostrador que estaba tan distante como otro brazo suyo. Cayó sin querer.

Se desplomó sobre el costillar relleno y blandengue de su costado derecho y perdió el conocimiento. Un KO claro e irreprochable.

II

Otra vez el miedo le devolvió la sensación de falta de descanso y una especie de nerviosismo le alivianaba el dolorido cuerpo. Buscaría él mismo las llaves del auto entre las cosas de aquél desagradable gordo desparramado sobre la cerámica gastada del piso sucio, quien evidentemente logró sacarlo de sus cabales.

Fue detrás del mostrador, revisó primero el mueble lleno de casilleros, destinado posiblemente a la correspondencia. Apenas unas viejas facturas de luz y alguno que otro impuesto impago estaban allí.

La ventana, a un lado del escritorio – recepción dejaba que la luz del mediodía tardío iluminara con suficiencia la habitación, aun con aquellas cortinas naranjas tonalizadas y tan mugrientas que probablemente resultaran plastificadas al tacto.

Por eso cuando abrió la caja de llaves, a un lado del mueble de las cuadrículas y junto a la ventana, pudo ver claramente los números en lápiz de las habitaciones y sus respectivas llaves con el llavero de hojalata donde se leía "Hotel Manolo".

Al darse vuelta se encontró con una montaña de migas, pelusa y tierra añejas que sus ojos descubrieron bajo la butaca gastada donde el Gordo pasaba sus días sentado, "atendiendo".

El mostrador resultó ser un inabarcable mueble hueco con tres maderas horizontales divisorias como si fuera una biblioteca para libros muy altos. Junto a la ventana, y debajo del lugar más gastado de la fórmica, una vieja caja de dinero metálica, pintada de naranja y frente inoxidable despertó su interés. Aplicó una presión mínima sobre el botón metálico y la caja reveló unos pocos billetes gastados por el uso, una lapicera, un anotador con ilegibles rasgos escritos y un sonido de campanilla aturdida. La cerró con bronca, incluso llegó a moverla de lugar.

En ese instante se percató del pistolón casi oxidado de manopla gastada y quién sabe cuántas historias de paz.

Estiró la mano hasta sentir la rugosidad de las cachas, la tomó y descubrió el peso desproporcionado del arma. Le era cómoda en su mano, al punto de calzar cada uno de sus dedos en el lugar indicado.

Sin soltarla, puso una rodilla en el piso para revisar en el último estante. A esa altura estaba resignado a no encontrar las llaves y pensaba remotamente que había cometido un gran error.

III

Afuera se detuvo un auto.

Otra vez el escalofrío del miedo sacudía su cuerpo aturdido. Cuando se incorporó atravesando sus propios dolores, un policía local en la puerta estaba inmóvil, aturdido con la sorpresa escrita en sus ojos desorbitados.

Entendió lo que pasaba por la cabeza casi rapada y desprovista de gorra oficial. Y la escena era tan convincente, que casi pudo adivinar el movimiento próximo del policía al descubrirlo. En su mano derecha el peso del pistolón se alivianó y lo sintió como una extensión de su hombro entumecido. Disparó sin noción de la dirección aproximada.

La jaqueca no había desaparecido, pero ahora el oído derecho le pitaba o zumbaba de tal forma que restaba importancia a los lagrimales secos o los pinchazos en las pupilas y el latido en las sienes.

Cuando la humareda del disparo se dispersó, no encontraba la forma de convencerse de la realidad que veía. El policía estaba recostado sobre la hoja fija de la puerta de entrada mirándose la sangre que empezaba a manchar el uniforme viejo y respirando agitadamente, casi jadeando, perdido y aturdido por el dolor o quizás la cercanía de la muerte.

"Nooooo", repitió varias veces. La última de ellas fue un grito que lo dejó sin aliento.

Se llevó las manos a la cabeza y el pistolón golpeó su sien. Extendió su brazo y dejó caer el arma del otro lado del mostrador. Pensó en llamar a la policía o la ambulancia y recordó sus miedos. Decidió correr nuevamente, como lo había hecho desde el momento que entendió que su vida no sería la misma.

Enfrentó la puerta, la abrió temeroso y se encontró con la patrulla en marcha y la puerta del conductor abierta. No sabría jamás como fue que acomodó el asiento a su altura en busca de comodidad ni cuando se ajustó el cinturón.

Manejó hasta ver caer el sol por el espejo retrovisor, sin haberse dedicado a reconocer lugares ni el camino, menos el kilometraje. Siguió las líneas de la ruta similares a las que lo habían conducido antes hasta el hotel, sólo que ahora estás no hacían otra cosa que alejarlo de allí.

Se detuvo en algún lugar, sobre la banquina barrosa, tenía una molestia en su espalda provocada por la posición absurda de intentar esconderse detrás del tablero o del volante. Del motor escapaba un vapor blanco y pesado.

El atardecer avanzaba a medida que grillos y ranas subían el volumen de sus conciertos monótonos. No recordaba haberse cruzado vehículo alguno y no esperaba hacerlo. Pero algo le decía que debía dejar la patrulla de huida que seguramente estarían a esa hora buscando. Salió de la patrulla policial después de tirar de la palanca que abría el capot. Fue hasta el frente, lo levantó buscando el origen del vapor humeante. Quitó la tapa del radiador. El dolor infernal se apoderó de sus manos y parte del pecho. En ese momento se acordó de Dios de la forma más sacrílega posible, maldijo a destajo, emitió sonidos guturales desconocidos hasta que el dolor comenzó a transformarse en un ardor profundo e insoportable.

Cuando miró sus manos encontró llagas monstruosas en sus dedos, las palmas y sus muñecas, epicentros de este nuevo dolor. Quizás la ropa había minimizado el efecto sobre su pecho y por eso el ardor no era tan vigente. El agua hirviendo, hecha vapor y ponzoña también había provocado un rosado rojizo en las mejillas demacradas y su nariz.

Como no podía ni quería regresar, y debía evitar encontrarse con otras personas, pensó en caminar en el mismo sentido de su escape. Cruzó la ruta para caminar en el sentido contrario de los autos, pensando en esconderse cada vez que apareciera alguno.

Le dolía el corazón en cada latido y las manos, casi no podía mantener el equilibrio. Caminaba sobre el asfalto para evitar caerse, como lo había hecho antes media docena de veces, ante el menor desnivel del piso. A cada paso maldecía una vida que poco le importaba a esa altura.

No sentía las piernas y cuando elevaba la vista al cielo tenía la certeza que este se desplomaría completo. De hecho caían sobre él un millón de estrellas que apenas descubría con sus ojos cansados.

IV

La bocina debió sonar por mucho tiempo, ya que cuando se percató de ella pudo apoyarse sobre el frente del auto. Del otro lado del parabrisas salpicado de insectos suicidas y sus humores mortuorios, una mujer hermosa descubría el miedo del que tanto la había prevenido su madre por viajar sola.

A pesar de las luces altas del auto en sus rodillas, sintió que el mundo se derrumbaba debajo de sus zapatos y se apagaba el cielo. Cayó sobre el asfalto sin sentirlo, el encuentro había agotado la esperanza de no ser visto y sus fuerzas rendidas ante tanta ampolla, cansancio y resignación.

Cayó como un árbol añejo talado en su base, pero firme, rígido en sus restos, golpeándose la cara y provocando una sonora explosión de sangre.

Durante muchos minutos, casi cuarenta, la mujer estuvo temblando al volante sin saber bien qué hacer, tal vez esperando despertar de una pesadilla. Con el temor de haberlo atropellado. Aunque estaba segura de haber frenado a tiempo y estar ya detenida cuando el tipo desapareció de su campo visual, desplomándose al suelo.

Cuando se decidió a salir, apagó el estéreo que sonaba como compañía y abrió la puerta utilizándola como apoyo. Sus rodillas no habían dejado de temblar. Afuera, la invadió esa sensación inconfundible de estar haciendo lo incorrecto y la brisa leve, de una noche oscura a punto de estallar de estrellas y pedazos, le pareció más fría que una noche de julio.

No le fue fácil a sus miembros obedecer las órdenes que su cerebro había decidido y que serían las adecuadas para la situación.

Cuando llegó a treinta centímetros del cuerpo tirado sobre el asfalto con un sangrado evidente y luego de haber superado el escalofrío que le causaron las quemaduras en las manos del herido al descubrirlas, sintió temor por la suerte del desdichado y un acceso de culpa paranoica le hizo desear que ese corazón ajeno y desconocido siguiera latiendo, cosa que no podía comprobar a menos que le tomara el pulso como sabía, por las películas de acción que detestaba y su novio adoraba, quizás con la intención de molestarla sutilmente y que últimamente hacía a menudo.

Para su tranquilidad y a medio camino de su mano al cuello ensangrentado, percibió el leve movimiento del tórax y lo supo. "Respira", pensó aliviada y sintió que su inocencia era más inocencia. Sólo debía ahora optar entre abandonar al tipo inconsciente pero vivo, o jugar el papel de heroína y seguramente meterse en problemas.

Quizás por su ascendente en sagitario fue que improvisó con lo que encontró en el baúl, madera de la biblioteca blanca que pensaba patinar antes de volver a armar y la soga que se usó para remolcar el auto en aquel viaje del que todavía se arrepiente; algo como para arrastrar el cuerpo, acercándolo a la puerta del acompañante. Cuando lo logró pensó que sería fácil posteriormente sentarlo o ponerlo en una posición adecuada dentro del auto.

Supo que empezaría a odiar la situación en el segundo intento por levantar al desconocido sin encontrar posición adecuada para subirlo, ni la fuerza suficiente.

Se desesperaba cuando cada una de las partes tomaba un rumbo inadecuado y siempre contrario a sus deseos. Se le ocurrió que quizás lo mejor era llamar al hospital desde el celular sin baterías, al menos intentarlo, pero el "bip" precedió el apagado inmediato del aparato apenas presionó una tecla.

Pensó en buscar y encontrar ayuda, aunque una mirada al paisaje desierto circundante la convenció de optar por reintentarlo.

Reintentar por sus débiles medios la operación; acababa de descubrir una profunda herida en su feminismo más radical que debería conversar en la próxima sesión con su analista.

Esta vez llevó el cuerpo hacia delante hasta que la frente sangrante golpeó levemente una de las rodillas. Ella se paró detrás, se quitó las sandalias y se agachó un poco, buscó el espacio entre los brazos y el cuerpo laxo y tiró con fuerza. Eso le produjo un terrible dolor en la espalda pero continuó contra su voluntad inclusive. Inevitablemente la pera se encontró con la clavícula ajena y el pelo lacio, casi rubio cubrió la parte menos golpeada del rostro inexpresivo del cuerpo.

Fue el perfume indudablemente, ese perfume que tanto le había recomendado Gloria, su mejor amiga, lo que activó algún punto del cerebro del fulano golpeado, dando impulso al movimiento de los brazos.

Su alarido tan femenino, pareció silenciar a los grillos y a las ranas empeñadas en reclamar la lluvia atrasada, y destrozó todo intento por mantener ese cuerpo en sus brazos.

El hombre reaccionó brevemente, levantó el brazo y puso la palma ampollada de su mano sobre la delicada nuca despoblada de cabello por el efecto de la gravedad.

Movió levemente la cabeza y volvió a caer desplomado, despojado de todo el soporte que le brindaría la fuerza de mujer aplicada, si ésta no lo hubiese soltado para correr, alejándose unos metros, hasta donde todavía se encontraba temblando.

Nuevamente y con sus manos cubriendo parcialmente su rostro, tratando de controlar el horror y cada uno de los miles de escalofríos que recorrían su columna, volvió a mirar ese cuerpo maltrecho y buscó la forma de transformar al monstruo en algo digno de piedad. Y quizás lo encontró.

Rodeó su auto con espasmos regulares en sus piernas y el dolor ahora omnipresente en su espalda, intentando que el auto siempre se interpusiera entre ella y el desconocido. Se sentó nuevamente en el lugar del conductor mirando al frente con una expresión desorbitada en sus ojos. Odiaba el cigarrillo y poco le gustaban los fumadores, aunque envidió esa dependencia material y química que relajara los nervios.

Finalmente dirigió la vista a su derecha casi sobre su hombro para descubrir la otra puerta, abierta, y sobre el zócalo del auto la cabeza ensangrentada, y adivinó el rostro casi irreconocible por las inflamaciones.

Volvió a bajar con bronca, decidida a terminar el asunto, destrabó por la ventana semiabierta la puerta de atrás, hasta alcanzar el bolso de tela floreado.

Lo abrió con la poca delicadeza disponible, aunque sabía que el cierre todavía esperaba el arreglo prometido. Con su mano recorrió sólo uno de los laterales hasta que reconoció la forma ya familiar y dura de un frasco de vidrio. Cerró la puerta aunque no completamente.

Pasó rápidamente por detrás del baúl y se agachó a un lado del cuerpo guardando una distancia que creía prudencial aunque no juzgaba como suficiente.

Con la mano derecha provista del envase recuperado del bolso, presionó tres veces la parte superior del frasco, una especie de rocío humedeció su mano izquierda. Luego acercó la palma de la mano húmeda a la maza violácea y deforme que supuso nariz y se quedó a esperar el efecto deseado.

El cuerpo inmóvil permaneció indiferente al perfume hasta que la cabeza se movió hacia el otro lado y el torso se arqueó hacia delante. Inmediatamente una tos flemática y sanguínea sacudió al desconocido.

Ella le habló acompañando sus palabras con violentos tirones en la manga del saco con la intención de evitar un nuevo desmayo. Cuando percibió cierta conciencia suficiente, reintentó la operación de subirlo al auto, no sin antes atarse el pelo y lanzar el frasco de perfume al asiento del conductor sin mucha precisión.

Esta vez el tipo parecía aportar al menos un acompañamiento muscular que facilitaba en mucho el trabajo.

La distancia hasta el hospital más próximo la cubrieron en poco tiempo, al menos para ella que conducía, ya que no guardaría en su memoria ningún registro o detalle alguno de aquel recorrido, salvo la extraña sensación que le causó la patrulla que en sentido contrario al suyo era conducida por muchachones alcoholizados tirados por un jeep, con otros aún más ebrios al mando.

V

La guardia mínima del hospital, aunque sobradamente suficiente, separó los casos. El cuerpo otra vez inconsciente desapareció en la esquina de un pasillo, montado a la fuerza sobre una camilla tan antigua como el primer ladrillo del hospital.

El médico joven atendió primero a la mujer, que evidentemente no era la prioridad pero tenía la ventaja de que sólo necesitaba contención, a lo sumo una medicación relajante; lo cual le impediría seguir su viaje seguramente; y satisfacía la mirada del profesional, cuyos ojos se expresaban claramente y no intentaba disimular nada.

VI

El olor fue lo primero que percibió. Probablemente porque no podía abrir sus ojos o bien no podía ver. Olores medicinales característicos e inolvidables para cualquiera que hubiese visitado un centro médico, aunque más no fuera por unos segundos.

Alcohol, formol, desinfectantes, químicos varios y cloro impregnado en las sábanas ásperas y duras. Calculaba sería el mediodía, por esas cosas inexplicables e innecesarias de contabilizar inútilmente el tiempo.

Había cierto aroma a puré de zapallo y batata en el aire, también ruido a platos metálicos y de porcelana barata entrechocándose. Era inevitable no escuchar el chillido metálico y gomoso de las ruedas de un carro, negándose a cumplir su deber de facilitar el traslado de quien sabe que peso.

Casi con inmediatez, la memoria le trajo imágenes demasiado acabadas, primero recordó el auto que conducía una mujer hermosa y desconocida, luego el dolor pasado y ahora ausente, más tarde el hotel y por último lo que creía era el final de su vida. Eso le produjo un dolor de estómago irreversible, conocido para él. Era la manifestación física de sus nervios, hecha úlcera.

En algún momento debió moverse o expresar de algún modo que estaba despierto, porque alguien presente le habló en voz baja.

– Bienvenido de nuevo al mundo, amigo, dijo la voz desconocida que provenía del lado opuesto a lo que suponía sería una ventana, por donde le llegaba una calidez particular, supuso que era el efecto de la luz solar atravesando el vidrio.

No estaba muy dispuesto a hablar. Es más, no sabía cuánto instinto de supervivencia guardaba su cuerpo como para seguir deseando estar vivo. Tampoco sabía quién sería esa persona, sin importar el nombre o sexo, le preocupaba que fuera su guardia, una especie de carcelero circunstancial después de aquel disparo.

Intentó sin decir nada, acomodarse en la cama, buscando una posición distinta y en lo posible apuntar su visión oscura al origen de las palabras.

– Tranquilo, tranquilo; repitió la voz; por lo que escuché usted debe quedarse quieto y estar lo más calmado posible.

Le han vendado tanto la cara, toda la cabeza, que desde que lo vi he estado matando el tiempo en silencio, imaginando su rostro y hasta tratando de adivinar su nombre. Pero no he podido ni lo uno ni lo otro, para mí es el hombre sin rostro. Como la película, vio?

Terminó la frase riendo pesadamente.

En la nueva posición estaba un poco más cómodo, le había empezado a molestar la cadera un poco y ahora eso había pasado. Pero en el movimiento se percató de lo escaso de su atuendo, apenas una bata hospitalaria supuso, porque entre sus piernas sentía todo desacostumbradamente suelto y en la espalda sintió el raspón de una tela apenas humedecida por la transpiración. Tenía una vía puesta con algún tipo de suero porque al mover el brazo izquierdo, sintió un pequeño tirón y un pinchazo largo.

– Cuidado, cuidado, a ver si hace macanas dijo la voz a su lado. Mire que esa es toda la comida que probará durante algún tiempito. Y otra vez esa misma risa pesada.

Seguramente habría dormido mucho, el cansancio había desaparecido de su cuerpo o quizás las dosis de analgésicos eran tan altas que ni siquiera sufría de eso.

Había tomado con extremada paciencia la intromisión de quien fuera que estaba hablando y eso era la prueba más grande que se le podía pedir. Por eso supuso que estaba bastante descansado, pero aún nervioso.

Era difícil creer que en sólo unas pocas horas se había despojado de toda respetabilidad, cordura y confiabilidad por la que toda su vida había trabajado y por las cuales había conseguido tanto. Hasta cierto sarcasmo le producía la evolución de sus dolores espirituales en físicos. De su solvencia y capacidad en desesperación y miedo.

En ese momento se abrió la puerta y el olor a sopa y puré invadió la habitación. Acaso esto último evitó que un infarto acabara con su vida, ahora más miserable según su pensamiento.

–Buenas, dijo estirando la e una voz femenina.

– ¿Cómo anda oficial Albornoz? ¿Y usted desconocido amigo? Si hubiese querido hablar, no hubiese podido articular palabra. Quizás su suposición era cierta y ahora estaba en el hospital custodiado, como paso previo a la cárcel. No lo iba a permitir de ninguna manera aunque todavía no sabía cómo en su estado podría hacer algo que semejase un escape.

– ¡Pochola! Por fin, ya creí que tendría que buscarme yo mismo la comida.

Dijo la voz a su derecha, de quien ahora tenía la certeza sería su carcelero, hasta que su estado fuese físicamente menos lamentable.

– Qué malcriado, Albornoz, ¡por eso no se casa nunca usté! Dijo la voz femenina que ahora sabía pertenecía a alguien que apodaban Pochola y que probablemente era la encargada de servir la comida habitualmente.

Después del ruido de platos, cubiertos y mesita desplegable, Pochola salió del cuarto cerrando la puerta con tanta violencia como la utilizada para abrirla; prometiéndole al policía otro flan pero de contrabando, y acompañada por un chillido metálico gomoso bastante regular se perdió en el cuarto contiguo.

Hubo silencio de palabras mientras el oficial Albornoz comía, aunque podía perfectamente oír cada sorbo de sopa literalmente chupado y el masticar permanente de pan con la boca abierta. Aprovechó ese silencio a medias para sumirse en pensamientos sobre planes de escape precarcelarios.

Se imaginó simulando un ataque epiléptico o cardíaco, aunque seguramente los médicos del hospital ya sabrían cuáles eran los problemas reales de salud que tenía, pero no dejarían de atenderlo si la actuación era buena. Descartó la idea cuando recordó lo mal que la pasaba en los actos escolares cada vez que le tocaba interpretar algo, también de todas las veces que por cubrir a su socio había tenido que mentir para luego terminar gastando una fortuna en abogados a causa de su mala teatralización.

Quizás lo mejor era saltar por la ventana apenas pudiera ver, calculó que sus piernas estaban bien y podría correr hasta morir si era necesario. Claro que no sabía si la ventana daba a un patio interno cerrado, tampoco si pertenecía a la planta baja o era un tercer piso. Se resignó a demorar la planificación para más tarde pero sin permitirse descanso.

El eructo no lo sorprendió, sí en cambio los pedos ruidosos que el oficial trató de minimizar.

– Perdón, disculpame, la batata me produce gases. Además ya me había acostumbrado a convivir con alguien que parecía no molestarlo nada, ni despertarlo.

Esa última frase despertó una inquietud distinta, un interrogante por sobre los nervios, más allá de ellos. ¿Cuánto tiempo había pasado desde su recuerdo más reciente hasta este oscuro presente? ¿Habrá estado inconsciente tanto tiempo como para que todo ya hubiese sido juzgado, sin su consciente aprobación? ¿Habrán sus abogados fallado esta vez o acaso lo abandonaron a la buena de Dios, que en este caso era la peor?

VII

Ahora la tentación de saber, lo ponía en la incómoda y no deseada posición de interlocutor. Aunque dada la situación nada parecía poder agravar su situación, ni siquiera hablar lo suficiente como para enterarse de cuanto pudiera. La otra opción sería seguir en la insoportable tortura de la suposición en silencio.

Pero cuando intentó hablar, una puñalada de dolor frío le sacudió todo el cuerpo, y seguramente debe haber emitido algún tipo de quejido sonoro porque Albornoz empezó frenéticamente y a los gritos a llamar a las enfermeras, olvidando por completo el timbre dispuesto para tal fin.

Entre la nebulosa que el dolor le dejó en los sentidos, percibió el clásico chancletear a la carrera de las enfermeras sobre las baldosas. Cuando la puerta se abrió la mujer preguntó y Albornoz fue explícito.

– No sé qué le pasó, empezó a gritar después de mover un poco la cabeza y se sacudía sin parar, ahora se calmó, pero tenía que haberlo escuchado.

Dijo el supuesto carcelero para luego silenciarse y chuparse los mocos con un ruido asqueroso.

– Pucha se le salió la vía, ¿será posible...?

Manifestó molesta la supuesta enfermera. A continuación trasladó la guía (así llamada por los médicos y sus especificaciones técnicas, torre metálica de donde cuelga el suero para el común denominador), arrastrando sus patas de metal con un chillido interrumpido por el choque de una de ellas contra el pie también metálico de la cama. Para luego recomenzar y detenerse a la misma altura de la cama donde estaba, pero del otro lado. Tomó el brazo derecho del paciente, lo estiró, palmeó la zona y con pericia volvió a aplicar la aguja y en consecuencia el flujo de suero retomó su goteo regular.

La enfermera debe haber estado controlando con su reloj el caudal, porque demoró al salir y cuando lo hacía arrastrando los pies le murmuró su compañera:

– Che, hay que avisarle al doctor Castillo que el NN despertó... Evidentemente no podía hablar, ninguna información era posible como resultado de una conversación tradicional, como mucho debería esperar al doctor Castillo, pero casi seguro se remitiría a pasarle un diagnóstico médico incomprensible por partes, e insuficiente para calmar su ansiedad que a esta altura había socavado profundamente sus miedos. Prevalecía el desconcierto al horror de sus recuerdos y las visiones de una posible vida de encierro.

VIII

No lograba comprender las palabras de la enfermera, sobre todo la parte en la que su nombre y apellido debería haber sonado claramente. El uso de la letra N sumada a otra N, en una conjunción de dos, le proporcionaba sustento a la idea remota de que posiblemente aún desconocieran su identidad. ¿Pero cómo se justifica la presencia de Albornoz, el guardia?

Quizás, pensó, el personal del hospital desconocía quien era por órdenes de algún tribunal que prudentemente manejaba el caso con el debido secreto de sumario.

Eso lo puso a repasar nuevamente vías de escape probables. Pero no pudo mucho más. Una sensación de somnolencia lo invadía extrañamente, involuntariamente.

La enfermera, en la demora que había supuesto dedicada a controlar con su reloj el goteo, había aplicado algún narcótico con una jeringa sobre la misma vía.

Cuando despertó, la claridad era distinta, el murmullo general había disminuido. Sólo se escuchaba un rugoso e irregular ronquido similar al motor de una moto de dos tiempos en mal funcionamiento. Supuso que Albornoz, dormía y se imaginó corriendo, escapando de allí tanteando, siguiendo las paredes, chocando puertas y a oscuras, quizás la falta de claridad y el escaso ruido no eran más que la noche manifiesta.

Pero recordó el dolor a la altura del oído y un escalofrío le recorrió el cuerpo despertando un ardor creciente en sus manos. No quería descubrir nuevos dolores, además Albornoz podría dormirse otro día, o quien fuera quizás su relevo.

El guardia, que quizás no era Albornoz, a esta altura de la probable noche, dejó de roncar después de dos largos soplidos y un suspiro entrecortado.

Como no podía dormir, se dedicó por un tiempo a reconocer sonidos tratando de ver más allá de las paredes, la ventana y la puerta. Después de todo quizás le podía servir conocer movimientos nocturnos y así evitarse encontronazos en medio de un escape a la carrera.

Muy cerca, una puerta de esas con elásticos que vuelven a cerrarse después de abrirlas con un empujón, y que pueden ser abiertas hacia ambos lados, se abría regularmente. Suponía que era una persona o varias que iban y venían pero siempre de a una. Cuando iban, el sonido era acompañado de un pequeño eco, cuando venía el sonido era seco y terminante. Quizás el tope de goma era distinto o uno estaba más gastado que otro pero el sonido distintivo era notorio. La regularidad se limitaba a unos treinta minutos entre golpe de puerta y golpe. Eso, pensó, era un buen margen para escapar, aunque no conocía a donde llevaría la puerta.

Más cerca un enorme reloj daría las horas, el tic tac era claro y no estaría a más de unos diez metros de la puerta. De fondo, mucho más lejos pero en la dirección contraria al reloj un zumbido electrónico como de un teléfono conmutador sonaba cada tanto pero no podía escuchar si atendían o no, sólo dejaba de sonar cada tanto para volver a anunciarse. Quizás era sólo un interno, supuso.

En ese momento una idea explotó en su cabeza, ajustó los nudos en el estómago y la acidez debe haber rozado valores máximos. ¿Y si ya lo habían trasladado? ¿Qué tal si éste, era un hospital dentro de la cárcel? ¿O era un hospital con medidas de seguridad de alto nivel? Maldijo en silencio pero desde el alma, hasta que lo invadió primero la resignación y luego la idea del suicidio como escape.

IX

La esperanza evidentemente no se agota fácilmente, aun cuando creamos que no existe en nuestro interior se manifiesta de formas tan confusas que uno no puede verla como tal y a veces es completamente ignorada.

Comenzó a pensar en volver el tiempo atrás y evitar ese segundo, minuto, hora, día, mes y año. Pensando en ello volvió a quedarse dormido.

X

El ulular de la sirena invadió el poco silencio que ocupaba el espacio sonoro de cada ambiente, corridas generales acercándose, nombres de drogas extrañas pronunciados con desesperación y luego la corrida general alejándose.

Pensó que era extraño despertarse con dolor de cabeza y ardor en las manos, pero supuso que eso y la ambulancia habían interrumpido el sueño que hubiese preferido fuera la realidad y no todo esto.

A lo lejos otra vez el chillido del carro de la comida comenzaba otra ronda y estaba seguro que Albornoz estaba allí, comenzaría nuevamente con sus sonidos y olores.

Las sienes le latían cada vez más fuerte, había comenzado a creer que el corazón había sido reubicado quien sabe con qué procedimiento quirúrgico más cerca de su cerebro, lo cual era físicamente improbable pero era difícil refutar la sensación.

Oportunamente, pensó, alguien se acordaba de él. Al escuchar un chancletear distinto al de antes, pero chancletear salvador al fin, acompañó la apertura de la puerta. Pasó delante de la cama hacia la ventana y levantó la persiana, lo cual acrecentó el malestar con tanta claridad.

Luego caminó hacia él del otro lado del suero, apoyó algo sobre la cama y por el ruido supuso que abría algunos paquetes, uno pequeños y dos más grandes. Uno era una jeringa, porque sintió el pinchazo doloroso en el brazo izquierdo casi inmediatamente, pero nada se comparaba con la jaqueca. Los demás debían ser vendas, porque sintió el ardor en su mano al despegarse las vendas viejas después de que el acero de la tijera rasgara la gasa.

Comenzó a pensar que podría tomar de rehén a alguna de las enfermeras y así escapar, pero el dolor de cabeza evitaba toda coherencia, entonces se dedicó a practicar lo poco de yoga que sabía para tratar de disminuir el dolor.

La enfermera cambió las vendas de sus manos y cuando se disponía a cambiar el suero o algo así, la puerta volvió a abrirse esta vez acompañado por un chancletear más pesado y fuerte.

– ¿Preciosa, buen día mi cielo, cuándo vas a dejar a tu marido para dormir conmigo?

Inconfundible la voz de Albornoz, inolvidable por ser la primera que había escuchado entre vendas.

– Por ahí cuando salga de esto, nos vemos después de tu laburo, ¿eeehh?

– Dejáte de joder, vos que apenas podés con tu cuero, che. Dijo la enfermera que por la voz parecía mucho más joven de lo que imaginaba cuando la escuchó abrir la persiana.

– Y acostate de una vez, le dijo.

XI

Otra vez el zumbido en su cabeza, ese, característico, que muchas veces era el precedente de ideas geniales o enormes problemas, lo sacudía.

Esta vez provocado por las palabras que había escuchado un instante antes. De parte de Albornoz, lo inquietaba la frase "cuando termine esto", de parte de la enfermera lo confundía ese "acostate de una vez".

Quedaba claro que "esto", parecía no ser una guardia o un asunto policial, fue dicho con desagrado, pesadez y hasta inquina. Además la enfermera había enviado a la cama al supuesto guardia. Quizás no sea más que un paciente, pensó. Sintió un alivio profundo que lo ahogó en el pecho y tuvo que recurrir a un suspiro nasal largo para recuperar oxígeno suficiente. El dolor de cabeza, ahora era sólo una molestia física, espiritualmente algo era distinto, algo había cambiado aliviándolo.

– Bueno, preciosa bueno, no te encabrones tampoco, dijo Albornoz que ahora era un policía degradado a paciente intrahospitalario.

Cuando la enfermera se retiró Albornoz susurró algo y dejó caer sus pantuflas estruendosamente, de a una, refregando la planta del pie sobre el tobillo de la otra pierna, pero se quedó sentado esperando por el mate cocido que perfumaba el hospital entero desobedeciendo a la enfermera.

XII

Los olores ya eran el único sabor agradable que le permitía el cuerpo, un gusto que se daba cuando los demás tenían el derecho a consumir. Nunca había apreciado el aroma dulce de la gelatina de frutillas ni la acidez aromática de la sopa de ajo hasta ahora. Y eso le daba una ventaja sobre los demás, podía disfrutar por mucho más tiempo de los aromas de lo que los demás de su comida, e incluso recordaba asombrado como en el pasado le molestaba profundamente el olor a comida e incluso lo consideraba desagradable.

Estaba en plena degustación aromática cuando la puerta fue abierta violenta y brutamente, una loción fuerte ahuyentó el aroma del pan recién horneado ya comido a diente batiente y boca abierta.

– ¿Qué hacés, Albornoz? Pasaba, che, y no quería dejar de verte, ¿cómo va?, dijo el recién llegado ignorando la presencia consciente del tipo vendado en la otra cama, mientras éste intentaba ser invisible o no existir.

– Bien, por ahora, esperando salirme pronto, Gutiérrez.

- Y resfriado... dijo Albornoz antes de provocar ese sonido, que ya era parte de su personalidad sonora, aspirando mucosidad en sentido contrario a la gravedad.

– Nosotros seguimos buscando al tipo del hotel, che. Ese tal Felipe Ruíz Quiroga. Parece que es un tipo de guita en la Capital y que tiene mucho contacto con gente de arriba. Lo que nos dijo la Federal es que parece que la mina lo denunció por maltrato, aunque no estaba golpeada. Y que por eso ella había empezado a salir con el socio de él y que el día anterior a lo tuyo, volvió a su casa a eso del mediodía para cambiarse la camisa manchada y ahisito no más, los encontró culiando. Por lo que parece, salió con una camisa nueva pero no volvieron a verlo, ni saber de él hasta el quilombo del hotel.

XIII

El miedo es algo poco común en la vida de un hombre, se habla de miedo aunque no se lo conoce hasta que se lo mira a los ojos o está al alcance de la mano. Eso era algo que había comenzado a descubrir hacía no sabe cuántas horas. Ahora sabía también que hay distintos temores y grados del miedo. El actual llegaba al punto de apretar los músculos de la espalda hasta sentir que la columna se encuentra a punto de partirse en pedazos.

Albornoz tosió falsamente como anticipando sus palabras y preguntó por la pista de la patrulla abandonada y por posibles rastros posteriores.

– No sé, dijo Gutiérrez, la encontramos incendiada y en el fondo del río, la Federal busca güellas pero sólo hay como treinta botellas de cerveza y algunas petacas de bebida blanca, raro che. Eso sí, parece que después el tipo se habría ido con alguna patota o algo así. ¿Te acordás el quilombo en el boliche por el día del estudiante? Bueno, esos vagos serían los implicados.

Lo estaban buscando a él, a él con su pasado y sus recuerdos oscuros, sus miedos, su amor y sus odios, sus verdades y desencantos, sus temores y sus errores. ¡Y no lo podían encontrar! Estaba detrás de unas vendas y, por lo que suponían las autoridades, junto a un grupo de jóvenes en plena revolución hormonal y descubrimiento del mundo.

El alivio no fue tan profundo, aunque la acidez permanecía, la espalda comenzaba a transformar la tensión de roca en unas ganas incontenibles de cagar. Lo cual ahora que lo pensaba, era todo un tema de desarrollo para una disertación considerando su estado. De todos modos intentó pararse y se encontró atado. Quizás por el esfuerzo, tal vez por el miedo o los nervios, se cagó encima.

– ¿Che, este vago está muerto?, porque si está vivo se está pudriendo dijo Gutiérrez, despertando la carcajada fácil y sonora en Albornoz.

Después habrían llamado a la enfermera con el botón sobre el respaldo, supuso, ya que no había escuchado el grito y, sin embargo, casi de inmediato alguien entró arrastrando los pies presurosos y volvió a salir, en un breve instante parecía ya estar preparada para limpiarlo, cambiarlo y mudar la cama.

Al mismo tiempo podía escuchar como Gutiérrez se despedía, mientras Albornoz le pedía que le avisaran si lo llegaban a encontrar. Porque, según dijo, quería vengarse del pistoletazo que le habían dado con el chumbo del Gordo y que en vez de sal, él tenía pólvora y plomo para darle en el pecho y el cuello. Recordó a los gritos que el Gordo prometió también un trompazo y nunca devolver el reloj pulsera ni la guita de la billetera.

Volvió a hacerse encima, al menos esa fue la sensación aunque con el estómago vacío era poco probable. Por suerte la enfermera todavía estaba limpiándolo y no pareció molestarse demasiado repasar la zona.

De las muchas cosas que ahora sabía, las poco importantes eran que no tenía tantas cosquillas como parecía y que era menos vergonzoso de lo que pensaba. Las importantes no las quería repasar demasiado por temor a repetir el terror momentáneo convertido en miedo constante, pero era evidente que el Gordo del hotel estaba bien, tanto, que antes de que la policía llegara había tenido tiempo de apropiarse de cosas ajenas. Y que Albornoz era el policía al que le había disparado con un arma cargada con munición no mortal.

XIV

El dolor de cabeza había desaparecido a esas alturas o bien su cabeza había estallado. Tenía un cansancio terrible y la necesidad imperiosa de desaparecer, de cambiar de habitación al menos y no estar durmiendo junto a un tipo que prometía plomo al cuello y el pecho. No era que había comenzado a revalorar su vida, sino que creía que tenía suficientes dolores y heridas como para comprobar qué podría causarle un metal de por sí venenoso y a una aceleración con origen en pólvora encendida.

Ya la cárcel no era su principal preocupación. Escuchaba los ruidos de Albornoz o su respiración y pensaba en qué posibilidades habría de que no lo descubriera de un momento a otro. Las probabilidades según su propio cálculo era un número negativo a su favor. Tengo todas en contra, pensó.

Decidió no dormir más. No le daría el gusto ni la oportunidad a Albornoz de asfixiarlo con la almohada o de inyectar quien sabe qué cosa en la vía de su brazo derecho; que bien y suficiente podría ser sólo aire, mientras disfrutaba de un sueño de niño como el de anoche, con sus juguetes y la tranquilidad de los brazos de su abuela. Quería al menos presentar resistencia.

Entonces entendió que estaba atado a la cama por alguna medicinal razón, ciego y sin poder gritar. El espanto lo invadió hasta cansarlo, hasta derrumbar sus defensas e intuyó que se volvería loco, y que esa podía incluso ser una solución para no sufrir consiente, la propia muerte a manos de un rencoroso policía herido y acostado muy cerca suyo.

No escuchó la puerta ni las suelas de goma acariciando el piso, se percató de la enfermera por lo que suponía era una colonia de baño o algo así. Decidió mover alocadamente las piernas para darle una señal, comunicarse y comunicarle la necesidad de auxilio.

La enfermera debió mal interpretarlo, porque desenfundó una jeringa y un sedante aplicado en la vía invadió el torrente sanguíneo casi de inmediato.

Se puso a llorar. Lloró sin ruido, silenciosamente, solo. Hasta que la luz se apagó.

XV

Despertó sobresaltado, como si hubiese sido enterrado vivo y acababa de escapar de un ataúd hermético tapado por varias paladas de tierra. Al intentar gritar sintió el estilete frío nuevamente junto al oído y en toda la boca. Pero esta vez el dolor se disipó rápidamente.

El olor a mate cocido hacía retroceder a los desinfectantes y por primera vez le causó nauseas, le recordaba a Albornoz.

Sin embargo tuvo la sensación de estar sólo en la habitación. Tal vez Albornoz lo había descubierto y estaba procurándose tener a mano su arma reglamentaria y saciar su sed de venganza con cuantos disparos como le fueran posibles.

Escuchó la puerta abriéndose y percibió la amenazante presencia de Albornoz, fue el ruido al chuparse los mocos o el olor de su piel, que había empezado a registrar y recordar antes de dormirse y como medio para anticipar la movida mortal. Sin embargo no caminaba con pantuflas eso podía oírse perfectamente, sus pasos eran más duros. Zapatos, pensó temblando levemente.

Escuchó el rozar de tela sobre tela y descubrió imaginariamente que el policía estaba vestido y armado. Lo escuchó claramente aunque el sonido era leve.

Estaba sobre él.

Paralizado, decidió morir, entregarse y quitarle al asesino el privilegio de matarlo en contra de su voluntad y si hubiese podido hablar en ese momento le hubiese pedido literalmente que lo mate para terminar de una vez.

Albornoz, puso una mano un poco más arriba de sus muñecas, la diferencia de calor le produjo una enorme repulsión, sintió como la respiración de las fosas nasales, un aire tibio y desagradable, atravesaba las vendas a la altura de sus ojos y el carraspeo lo tomó como el último sonido que escucharía.

– Chango, no sé si estás despierto o no, pero espero que te mejores. Cuidate, flaco, que todo va a salir bien. Nos vemos.

Palabras cálidas de Albornoz, casi tristes, melancólicas. Después se fue tan suavemente como entró, tratando de no hacer ruido probablemente para no despertarlo.

"Nos vemos" era una expresión que prometía no usar más, quién sabe qué puede pasar dentro de minutos o mañana. Para qué un "nos vemos"? Salvo claro que sea una amenaza y eso era lo que entendió en las palabras de despedida de su compañero de habitación. Tenía la sensación de que Albornoz conocía ya su identidad y esperaba sólo el momento de enfrentarlo en un duelo de pistoletazos.

XVI

Casi a última hora ese mismo día vino el famoso doctor Castillo. Olía muy bien, un perfume importado, caro, lo suficiente como para ser notablemente exquisito. Traía una especie de corte, estudiantes supuso, porque podía escuchar los trazos apurados en cada frase del doctor y ese olor a desinfectante más nítido y personal al combinarse con otros aromas humanos.

Estuvieron unos minutos, adivinando sobre pócimas, posibilidades y contraindicaciones para su estado. Lo que más le podía preocupar eran los alocados diagnósticos que apenas alcanzaba a entender, pero ya nada podía conmoverlo, ni siquiera diagnósticos tan erróneos como esos.

Cuando la enfermera entró a la habitación, la de colonia de baño prominente, supuso que sería atractiva porque hubo más de un suspiro contenido y algún comentario entre dos muchachos tan sutil como un susurro. El doctor la saludó dándole las buenas tardes y comenzó con algunas preguntas de rutina sobre dosis y frecuencias, también sobre temperatura y pulso, por último le solicitó trajera los resultados de los análisis hechos alguna vez.

La enfermera salió casi a tiempo, porque el doctor comenzó a dictar algunas notas justo cuando los suspiros reaparecían junto al murmullo corto. Imaginó algún guiño y una sonrisa cómplice de la joven enfermera.

– Bueno le dijo Castillo al paciente, con un tono de voz que manifestaba autoridad pero también profesionalismo.

- Vamos a establecer entre nosotros, un código de comunicación básico. Como necesito algunas respuestas y usted poco puede hacer para contestar, moverá el pie derecho como signo afirmativo, es decir en señal de un sí. En cambio moverá el izquierdo para expresar negación. ¿Entendió?

Las instrucciones eran claras, sin embargo la inquietud de ser descubierto por el médico y pasar a ser un reo por intento de homicidio y sospechoso de robo, le planteaba la posibilidad de hacerse pasar por dormido o por loco o por tonto. Pero pensó que la prudencia al contestar era una forma de evitar consecuencias desconocidas o poco previsibles.

Movió el pie derecho, aunque sintió un leve dolor en la rodilla.

– Muy bien, dijo Castillo, comencemos... ¿Sabe dónde está en este momento?

Movió el pie izquierdo negando saber.

– Usted se encuentra en el hospital regional de la zona, dijo Castillo pensando más en la pregunta siguiente. – ¿Recuerda su nombre y apellido?

¿Qué pasaría si dijese que sí e inventara algún nombre? ¿Cuánto podía cambiar o retrasar lo inevitable? ¿Y si dijese que no? ¿Sería creíble la amnesia clínicamente en su estado? De serlo o no ¿no podría despertar sospechas y relacionárselo con el prófugo que la policía busca?

No sabía qué responder y sabía que el tiempo era un factor que podía delatar o despertar sospechas.

Estaba a punto de mover la izquierda, cuando la enfermera reingresó y con ella algún murmullo. El doctor debe haberse demorado un poco en repasar los análisis porque sólo emitía "hmmms", "ahas", "bienes" y "okeys" hasta que repreguntó simplemente:

- ¿y qué me dice, lo recuerda? Inmediatamente movió la pierna derecha.

– Bien, bien, dijo el médico me alegro porque hemos tenido problemas con los procedimientos de identificación. Pero pasaré primero por cuestiones que tienen que ver con su estado de salud en general. Sus manos sufrieron quemaduras de quinto y sexto grado por lo cual la movilidad de alguno de sus dedos en ambas manos se verá comprometida y aunque conservará todas sus falanges el aspecto no será de lo más agradable en alguno de ellos. Sus huellas dactilares lamentablemente han desaparecido tal y como las registró originalmente. Por ello tiene usted vendadas ambas manos y será así por un período relativamente corto comparado con algunos aparatos que deberá usar en la boca. Ya que por lo que parece varias contusiones han provocado fracturas múltiples en el maxilar inferior y pérdida de algunas piezas dentales, lo que dificulta la comparación sobre registros dentales existentes aunque pocos son los accesibles.

Hizo una pausa breve como repasando su trabajo anterior y buscando palabras adecuadas.

– Hemos intervenido quirúrgicamente para reconstruir parcialmente lo dañado, pero probablemente debamos volver a efectuar nuevas operaciones. Su rostro ha sufrido distintas laceraciones provocadas en su mayoría por una fractura expuesta del arco superciliar derecho afectando algunos vasos que complican su visión en ese ojo. También ha sufrido fractura de tabique nasal y del hueso cigomático derecho. Todo esto ha modificado la apariencia de su rostro significativamente aunque podrá siempre recurrir a la cirugía reparadora que como sabrá ha avanzado mucho aunque no es de fácil acceso y tampoco es nuestra prioridad. La tomografía computada no ha revelado otros daños lo cual raya lo milagroso.

- Sus signos vitales son estables, continuó diciendo, y por lo que se ve mejora usted rápidamente aunque intentamos combatir una úlcera gástrica que ha llegado a producir alguna hemorragia significativa en estos últimos días razón por la cual hemos evitado algunas cuestiones. En algún momento deberá responder algunas preguntas relacionadas con las causas de su estado y sobre su identidad sobre todo para dar aviso a sus familiares.

Movió el pie izquierdo, intentando manifestar su desacuerdo con la notificación mintiendo sobre la inexistencia de parientes o familiares. El doctor no pareció prestarle o bien simplemente tomó mentalmente nota de ello.

El grupo comenzó a salir, el doctor se detuvo, giró un poco y se despidió con un "cuídese" y salió tan definitivamente como había lanzado su diagnóstico.

XVII

Como sucedía diariamente, a una hora bastante tranquila y fresca por lo que suponía sería siempre de mañana, dos mujeres hacían limpieza. Con lampazo, balde y detergente para el piso de una fragancia terriblemente fuerte a pino, ingresaban a su habitación entornando la puerta. Las conocía por el sonido de sus voces, siempre cuchicheaban los chismes del pueblo y del hospital, quizás amparadas por la soledad del cuarto y la aparente inconsciencia del enfermo vendado cerca de la ventana. Apariencia que bien explotaba a su manera.

Si no hubiese querido saber con quién se acostaba el cura y quién era el padre de la adolescente hija del veterinario, no hubiese podido evitarlo, salvo que las ahuyentara de algún modo o pudiese taparse los oídos.

Lo cierto es que se había convertido en uno de sus divertimentos diarios, mediando sus escasas posibilidades.

Inclusive más de una vez debió resistir el dolor que le provocaba una carcajada contenida y controlar sus músculos para evitar que notaran su presencia de oyente con algún movimiento que lo descubriera.

A esa altura ya podía catalogar miles de aromas e incluso relacionarlo con sonidos particulares, tenía armado un bastión de imágenes armadas de personajes reales por olores y sonidos característicos. Pero eso le había comenzado a aburrir un poco.

Las chismosas se caracterizaban por el olor a detergente impregnado, el ruido a guantes de plástico sobre los mangos de madera y el lampazo o el trapo salpicando agua.

Ese día parecía ser bastante particular, casi de noche habían cambiado por completo las vendas de la cabeza y habían olvidado o bien mal colocado el algodón sobre el ojo izquierdo porque cuando quería podía levantar el párpado y distinguir figuras tras las celdas superpuestas de la venda, lo cual era de por sí toda una novedad. Pero no esperaba tanto al comenzar el día, tanto como cuando escuchó a las mujeres de la limpieza hablando de él.

– Che Ramona ¿viste ese ricachón que casi mata al negro

Albornoz y que asaltó el hotel del gordo Miguel?

– ¿Quién?

– Ese, che, el de la tele que buscaban tanto. Parece que lo encontraron nomás...

– ¿Y en dónde?

– No sé bien pero medio que lejos de acá, parece que se escondió en una casucha de madera y cartón, y se ve que se le prendió fuego, porque lo encontraron requemado.

– ¡Nooo! ¿Y cómo lo conocieron que era él?

– Parece que tenía un reloj caro de esos que no hay muchos

– ¿Viste? Es como Ramona te dice, ¡Dios castiga sin palo ni rebenque, che!

Siguieron hablando de lo puta que era la enfermera rubia con los médicos recién llegados, pero ya nada importó. Alguien había muerto en su nombre y lo anunciaban en televisión. No dejó de molestarse, de inquietarse y reclamar por su vida. Pero imaginó las rejas, la violencia carcelaria y prefirió el silencio al que estaba forzado.

Rememoró mentalmente todos y cada uno de sus dolores, espirituales y físicos. Buscaba una excusa moral, una justificación para cada uno y no encontró suficientes y aquella que parecía adecuada era tan endeble que no servía ni como fondo de una mentira.

Imaginaba lo sucedido; y estuvo mucho tiempo repasando una larga lista de urgidos conocidos y supuso otros tantos desconocidos; alguien necesitaba tenerlo muerto, solventar algunos gastos, cubrir necesidades y resolver papeles sin firma, después de lo que consideraron un tiempo prudente.

Sólo tenían que levantar el teléfono hablar con algún juez conocido, quizás el capo de la policía provincial y ofrecerle al Gordo del hotel unos pesos por el reloj y muchos más por su silencio, para que con un pequeño desvío judicial, tener muerto y enterrado a quien fuese. En este caso nada menos que él mismo.

Intentó comprender algunas posibles traiciones y nuevas heridas se abrieron, no en la carne desinfectada a diario sino en el espíritu o en su alma, aunque nunca hubiese creído en ello.

XVIII

Siete meses más tarde firmaba un contrato de trabajo de cinco semanas para levantar la cosecha. Segundo Cáceres, firmaba dificultosamente con la mano derecha, evitando rasgos caligráficos y modos sofisticados.

Su primer trabajo después de tanto hospital, médico y operación. Tan lejos de tantos miedos y dolores. La libertad mitigaba una soledad oscura, estéticamente cercada por cicatrices imborrables.

Todavía aprendía a comprender el desvío en la mirada del otro, evitando las marcas y cicatrices, buscando el piso como si no mirando desaparecieran y con la intención de no ser descubiertos en su impresión, provocando el efecto nuevo de evitar el contacto con la gente salvo lo imprescindible.

Era otro, casi vuelto a nacer, tenía un documento falso que le terminó consiguiendo un policía pariente de Gutiérrez, aquel amigo de Albornoz, que sólo le pidió a cambio sustraer unos cuantos frascos de pastillas del área psiquiátrica del hospital que abandonó de noche, por los pasillos, durante un corte de luz general, provocado por desconocidos, según los medios, y como si conocieran de memoria dónde estaban las cosas.

Arrastraba poco equipaje, ropa ajena descolgada a la carrera de alguna soga descuidada, el libro de Güiraldes, Don Segundo Sombra, del que prefería leer los últimos capítulos cada tanto y unos recortes de diarios de la Capital.

Eran más que nada papeles arrugados cortados a mano, que conservaba secos como podía y prometía encuadernar cuando pudiese.

Todos se referían a lo mismo, en diferentes tipografías, en titulares de gran tamaño. La maldición de la Familia Quiroga, decían unos, otros menos amarillistas sentenciaban: "La tragedia sin fin".

Podía leerse la historia acongojada de la viuda del empresario Quiroga "trágicamente desaparecido luego de cometer delitos varios". "Internada recientemente en un centro especializado en afecciones mentales", lo cual ocurría posteriormente al suicidio de su flamante esposo el abogado y socio único de la empresa familiar, Rosendo Peralta.

Más abajo seguía diciendo: "algunos allegados y vecinos recuerdan que la mujer no dejaba de mencionar llamados telefónicos esporádicos, supuestamente de su primer esposo recordándole en su mensaje a la pareja que en lo posible no durmiesen nunca. Sorprendentemente nunca registraron denuncia policial alguna, aunque las medidas de seguridad de la casa llegaron al extremo de tapiar las ventanas y clausurar muchas puertas además de numerosos dispositivos y una costosa guardia privada..."

XIX

Cada tanto si come muy pesado, algo grasoso o muy condimentado todavía suele sufrir de acidez, pero ya no le molesta demasiado, cuando puede canta y duerme bajo las estrellas proclamando una extraña libertad.

Ahora duerme plácidamente una siesta impostergable bajo la sombra de la parra cargada de perlas grandes y negras como tesoro. Cada tanto sueña con días que le parecen ajenos, aunque no les presta demasiada atención, los amontona entre tantas otras pesadillas sin sentido.

CIELITO LINDO

— ¡Cansados y sin poder dormir, qué joda che!

— ¡Calláte Miguelito y dejáte de joder!

Miguelito primero, el Gringo después. Así todo el día.

Yo no puedo entender cómo todavía tienen fuerza y ganas de hablar. Encima el frío; cómo hacen para dominar el tiritar incontrolable y el castañear de dientes, nunca lo sabré.

Miguelito Sosa es santiagueño, un tipazo. Un gauchito de ley en pleno siglo X X. Feo como pegarle a la madre, orejudo, negrazón, cortito como viraje de laucha y picado de viruela, era inevitable reconocer en él un corazón enorme y una voz privilegiada. Además jodón, dicharachero, cantante de cuanta ranchera o zamba existiera, todo el tiempo está despertándonos cuando queremos dormir. Canta o nos cuenta historias suyas que no creemos ni podemos creer.

Pero esta noche sólo hace comentarios y nadie ríe. El frío parece más duro que en las noches previas. El barro es ahora una especie de mazacote congelado y resbaladizo que invita al porrazo si intentas levantarte. La humedad es reina y señora de nuestras cosas.

Creo que nadie se preocupa a esa altura por mantener las cosas secas, salvo el Gringo que además de retar a Miguelito, intenta rescatar del agua los paquetes extra de cigarrillos Jockey que "milagrosamente" había conseguido. Cabrón por naturaleza, el Gringo es un tipo calentón, jodido y con huevos, pesaba tanto como los cuatro juntos y media como dos de nosotros, sin contar al enano de Miguel, y eso le daba razones para pisar firme. Creo que nació en Rojas, provincia de Buenos Aires, hijo de un peón trenzador de tientos y domador de pingos.

A mí, en cambio, me ocupan, sin dejar de sorprenderme, las estrellas hermosas y extrañas allá arriba. Y a esta hora pareciera que dejan de ser reales. Todo el cielo se convierte en un cuadro celestial en movimiento con diamantes hermosos como bailarines principales. Con un negro profundo, vacío e inabarcable, los diamantes son lucecitas limpias, claras y parpadeantes, estrellas y polvo de estrellas por todos lados.

Al mismo tiempo, me recuerdo en mi pueblo de Córdoba, Tanti, donde los pibes del barrio me habían bautizado Tati, porque a mi viejo lo llamaban Tato. Allí, el cielo creo que nunca era tan así, quizás no tenía tanto tiempo para mirarlo ni me lo hacía, porque me la pasaba haciendo macanas según mi vieja.

Josecito Álvarez, el puntano del grupo, es el único que comparte conmigo la admiración del paisaje nocturno celestial. Aunque tartamudo como nadie, hablamos con un código particular. Él comenzaba una frase que parecería interminable y yo arriesgaba hasta acertar el final. Nunca podíamos conversar demasiado, primero porque Josecito se cansaba de mis intentos fallidos y yo de intentar. Según él, ningún cielo era más hermoso que el de su Merlo en San Luis.

–Loco, no sé para qué quieren dormir, si no van a dormir. Les veo los ojos abiertos como el dos de oro. Nos increpó Miguelito, casi susurrando aunque lo suficientemente fuerte como para que todos lo escucháramos.

– Si no te callás, le digo al Gringo que te cague a trompadas, chabón. Le contestó con incomodidad Esteban, ya molesto por la prohibición de fumar y con toda esa verbalidad porteña agresiva y cosmopolita, que caracterizaba todos y cada uno de sus comentarios.

Esteban no es mal tipo, pasa que es muy cagón. Muy nene de mamá. Y se escudaba en sus conocimientos de ciudad, sus maneras, sus ventajas y las reforzaba o marcaba para ganarse respeto. Al principio a nadie le faltaron ganas de matarlo, pero cuando lo conocimos pasó a ser una especie de hermano menor. Creo que nació en Pompeya pero no se sabía ni un solo tango.

Todas las noches, estábamos siempre apilados, tratando de compartir el calor que pudiésemos darnos, y siempre era motivo de broma alguna apoyada del Gringo o la mano invisible de Esteban. Miguelito siempre decía que alguno, seguro, se iba a ir embarazado.

Esta noche en cambio estamos separados y distantes, y eso que conocíamos a esta altura las mentiras y los sueños de todos. Las ignorancias y los amores, las primeras veces y las últimas. Pero cada uno había elegido estar en la suya.

– ¡Pará vos de mirar el cielo Tati, que vas a quedar con el cogote duro! Me dijo Miguelito que hablaba sin intentar entablar una conversación.

No me importaba lo que dijera, sabía que en el fondo era sólo por decir algo. Mientras, yo buscaba algún secreto allá arriba. Para eso, estaba recostado, inclinado un poco hacia atrás, apoyado sobre mi lado derecho, para salir de la precaria protección que nos ofrecía el chapón y adueñarme de mi observatorio.

Veo sólo una porción del cielo, la Cruz del Sur y un poco más. Casi parece que puedo alcanzarla si estiro el brazo. Y juro que tenía ganas de intentarlo, aunque me da un poco de vergüenza parecer un pendejo a la vista de los pibes.

Cuántas cosas había aprendido estos días, me parecía increíble. En las noches anteriores, incluso las nubladas o lluviosas, había aprendido a esperar verlas aparecer en el cielo, en mi porción de cielo visible. Tarde o temprano lo hacen.

Hoy ya no necesito una galleta o un chocolate para calmar la ansiedad. Como si hubiese envejecido de pronto diez años por día, parece que puedo contar con la paciencia como aliada.

Hay viento, siempre lo hay. Al principio es una molestia, un malestar, un tema de conversación. A Esteban le había paspado tanto los labios que llegamos a decirle monito y a veces jetón, por cómo tenía la boca. Desde el día en que casi se larga a llorar de calentura, no le dijimos más nada.

Miguelito dice que el viento era el aliento de los que no están con nosotros y que el sonido, ese ulular natural, es el instrumento de compañía de su guitarra que no le dejaron traer.

No aparece la luna, casi. Y es mejor, cuando menos luz hay, más puntitos celestes, naranjas y dorados se ven. A veces le digo a Josecito que de tantas estrellas que hay, casi no queda negro si uno se concentra en ver todas las que se esconden o se pierden de chiquititas nomás.

– ¿Che nadie quiere un mate? Preguntó Miguelito jodiendo de nuevo, porque no tenemos mate, y buscando que el Gringo se calentara y cumpliera con su promesa. Josecito murmuró algo así como "q-q-que p-p-p- pe-pe-lotudo".

– Tengo miedo...Dijo el Gringo, sin decírselo específicamente a nadie. Pero haciendo una confesión pública. Ninguno de nosotros estaba preparado para eso. El gigante de piedra se levantaba su capa y quería convencernos que sus pies eran de barro y nosotros no lo queríamos permitir, admitir, digerir. Esteban no lo permitió a su manera, azuzándolo:

– Les dije que era un cagón, al final es puro chamuyo el quía. Yo les dije...

Yo no quería escucharlo, lo sabía, lo sentía también, prefería no escucharlo. Dejé de mirar hacia arriba y el cuello helado me dolió cuando revisaba el pozo en el que estábamos, buscando algo que decir, algo que me convenciera de no temer y ayudara. Éramos cinco pendejos a oscuras, empapados, casi muertos de frío y separados por unos fusiles cargados de municiones listas. Latas, algún chocolate, las cantimploras, unas pilas usadas, el barro helado, borceguíes, unas cajitas, la ollita negra, el encendedor y el papel de un chiste de un chicle Bazooka pegado en la chapa frente a mí. No encontré nada material como sustento, para hablar de.

Josecito fue quién sin tartamudear habló primero.

– ¿Gringo, qué diría tu viejo?

– Sí, boludo, ¿de qué tenés miedo? Yo vengo para defender ese cielo que es mío, loco.

Lo dije casi sin conciencia, sin demasiado sentido para mí mismo. Pero logré que el Gringo me mirara, él nunca entendió mi admiración con ese techo pintado de allá arriba como decía él.

Acto seguido Miguelito, empezó a cantar en voz baja.

– "Zamba de mi esperanza, amanecida como un querer...". Cuando terminó no pudimos aplaudirlo, tampoco los guantes sucios y mojados nos hubieran permitido mucho barullo. Nos aflojó la tensión a todos. El Gringo, recuperado y sonriendo, afirmando la voz y en un acto casi solemne dijo:

– A ver si sabés esta y te dejás de joder...

– ¿Cuál? Preguntó Miguelito desafiante.

– Esa, ¿cómo era...? Así, sí, Cielito Lindo. Y, y... dedicáselo al Tati y... a mi mamá que siempre silba esa canción cuando cuelga la ropa en el patio de casa.

Malvinas, mayo de 1982

DOMINGO EN DEMOCRACIA

Recorrió el relieve de la plata hecha moneda, con el pulgar diestro, imaginando un perfil y reconociéndola en el extremo de la rastra. El tacto opacó apenas el brillo pulido y ganado la noche anterior.

Revisó las botas engrasadas de reojo y de paso, la inclinación de la vasca que amedrentaba rulos recién podados a tijeretazos.

Volvió la vista al pedazo de espejo sobre la mesa, junto a la navaja y la toalla improvisada. Con detalle, y a ojo de buen cubero, acomodó la traba plateada en el único pañuelo de seda del vestuario disponible.

Ajustó la faja de hilo de vicuña y con destreza enganchó la rastra. Sintió sobre la palma izquierda la rigidez exacta del almidón, sobre el celeste algodón de la camisa de ocasión o baile.

Apenas inclinándose sobre la derecha, manoteó el facón de lujo, recibido en herencia cuando la muerte prematura del primo Nemencio. La mano se amoldó al mango labrado y cerró con firmeza el puño, como anunciándole al filo quien manda en cuestiones de hombría y corte.

Lo atravesó a la cintura y a mano, como siempre, por las dudas. Cuando salió de la tapera, donde se aquerenció hace un tiempo, las bombachas camperas silbaron su pulcritud, entonces Eulogio Céspedes arqueó un poco más las piernas separándolas, tanto como para evitar el sonido incómodo y otro tanto para justificar el mote de Chueco.

Silbando Merceditas, cruzó el patio ahuyentando las gallinas y algún pavo guacho. El escándalo fue suficiente aviso para el perro, que dormitaba a la sombra larga del palenque, para alistarse a viajar.

Engalanado con plata en riendas y lacio en las crines, el alazán parecía esperarlo con inquietud. Montó sin esfuerzo orgulloso del pingo, con la intención de no desacomodar recado, cincha, ni montura.

Cuando cruzaron la tranquera, los teros alcahuetearon su partida. Hombre, caballo, perro y sombras estaban en camino.

El pueblo todavía padecía la somnolencia de la madrugada, cuando los perros ajenos chumbaron al suyo.

Cuando pasó por el supermercado Don Manolo, el nuevo dueño, don Ho Lin barría apresurado, despeinado como siempre, desalojando agua y mugre de la vereda más allá del cordón y justo hasta el límite de la vecina. Improvisó un saludo con la cabeza y le respondieron alzando una mano.

Se llegó hasta la comisaría evitando interrumpir con el ruido de los cascos herrados el sueño merecido del doctor frente a la plaza y, más allá, el del gringo de la farmacia.

El sargento de guardia tomaba mate cuando apareció el Chueco Céspedes en el umbral de la puerta.

– Céspedes ¿cómo le anda? preguntó el Sargento, con la mirada fija en los palos de la yerba apenas húmeda.

– Endispierto y alistao, mi Sargento.

– Lo esperaba hace rato mi amigo, ¿quiere un verde?

– No, gracias, mi Sargento vengo a dejarle en custodia el facón pa´ cumplir con ley y con la patria.

– Déjelo, nomás, Céspedes, yo me ocupo.

– Ah, también le dejo al alazán un rato ahí fuera.

– ¡Ta´ bien, vaya nomás! dijo casi a los gritos el Sargento cuando ya no se veía la espalda del gaucho.

Cruzó en diagonal hacia la iglesia, no sin antes, parado junto al mástil en el medio de la plaza, ensayar una lágrima y calentar el corazón con la mano al pecho y la vista al cielo.

Sintió el cosquilleo de siempre en el estómago y los latidos en las mejillas, pero algún gallo tardío le recordó su prisa y olvidó los nervios.

Un orgullo desconocido lo invadió cuando cruzó la puerta doble de la escuela, aunque también anheló por un poco de pizarrón y tiza tan extraños para él. Entonces liberó el botón a la altura del ombligo y buscó entre las ropas, mientras que la otra mano se ocupaba de bajar respetuosamente la boina.

Llegó hasta la mesa asignada y saludó con la formalidad más expresiva que podía. Todavía se estaban acomodando.

– Buenas... dijo tímidamente sin esperar respuesta segura, aunque los conocía a todos.

– ¡Buen día, Chuequito!, dijo el gordo Brittos, hijo del sodero y de Mabel la peluquera del pueblo.

– ¡Buen día, Señor Presidente!, respondió con su acostumbrada reverencia.

– ¡A ver..., si acá está...! dijo Brittos y a continuación agregó: número de orden treinta y siete... Céspedes Eulogio, trabajador rural, documento número...

Entró al cuarto oscuro con la intención de no repetir lo de aquella vez cuando rompió el sobre, intentando ser minuciosamente hábil con sus gruesos dedos acostumbrados a otra cosa.

No tardó demasiado, cuando salió tenía el pecho erguido y el brillo en los ojos era más evidente. Le costó un poco empujar el sobre hasta que desapareciera en la boca de la urna, una vez que logró su cometido, saludó con la cabeza y una sonrisa.

Afuera empezaba a caer gente, los remises amontonaban viejos, madres y chicos dormidos.

Cruzó la calle y dobló a su derecha apurando un poco la marcha. El perro prefirió seguirlo de atrás y a distancia prudente.

Se llegó hasta la Unidad Básica. Allí lo esperaban varios abrazos, el General en foto, Evita y mate con facturas.

Empezó a caer demasiada gente y los temas se complicaron con cuestiones electorales y probabilidades, entonces saludó apenas y rumbeó para las vías.

En la puerta del Comité ya lo esperaba su perro con más cara de aburrido que de costumbre. Otra vez abrazos y promesas innecesarias lo recibieron más rápido de lo que deseaba. Enseguida se llegó hasta el patio donde ya pintaba un asado, tinto y empanadas.

Cuando la risa era mucha y la faja le ajustaba lo suficiente, salió evitando las palmadas en la espalda.

En la esquina su perro andaba entreverado con una jauría de pretendientes impacientes detrás de la blanca perra del verdulero. Le silbó una sola vez. El perro se acercó desconfiado unos metros y atrapó en el aire un pedazo de pan que apareció de uno de los bolsillos colmados de manos.

Con las botas aún brillantes caminó hasta donde la tierra desafiaba el pavimento, entró tímidamente en el local partidario de la Unión Vecinal. Eran pocos así que no tardó mucho en sentirse intimidado. De parado, le dio fin al pastelito caliente de membrillo que le ofrecieron. Luego se despidió gentilmente.

En la puerta de la comisaría el alazán practicaba una calma inteligente.

Cuando Céspedes entró a la guardia, lo único distinto a la mañana era una crecida ronda de mate.

Gorra vasca en mano saludó tímidamente.

– ¿Ya votó Céspedes? preguntó el Sargento por obligación cordial.

– Sí, ya cumplí, mi Sargento.

En el rincón, pava en mano el suboficial nuevito intentó amistad de palabra.

– Oiga, Don, para usted, ¿quién gana? preguntó desafiante.

– Mire, yo no sé mucho che, pero deberíamos ganar todos vió. La sonrisa del Sargento, acompañó la devolución del facón.

Céspedes calzó el cuchillo a puro instinto correctamente.

Estaba saliendo cuando el sargento dijo:

– ¡Viva la patria Céspedes!!!!

– ¡Viva, mi Sargento!¡Viva la patria, canejo!!!.

– Qué caso este Céspedes, qué caso, che... agregó el cabo

Benítez, yerno del Comisario e inútil de profesión.

Cuando llegaron al puesto, hombre, caballo, perro y sombras largas, el sol caía por el otro lado y los gorriones se amuchaban ruidosamente en el eucalipto de la entrada.

Desensilló al alazán sin prisa y lo largó en el cuadro junto al nochero. Ensayó una caricia a su perro que éste esquivó por temor.

En la matera se quitó la rastra, el facón y la boina; cambió las botas por alpargatas bigotudas y la camisa celeste por la gastada marrón a cuadros. Con cuidado atesoró bajo el colchón de lana el documento.

Acercó lentamente una silla a la cocina de leña y puso la pava ennegrecida al fuego.

La noche inminente comenzaba a colorear todo de gris y negro, cuando comenzó con sorbos cortos la última mateada antes de dormir.

MALVONES ROJOS

No puedo recordar otro comienzo de todo.

Lo sucedido sorprendió a mi memoria en el transcurso de los hechos en parte acontecidos.

Para mi memoria, sería el recuerdo del único día que volvía temprano. Es que soltero y solitario como pocos, prefería la compañía anónima de mis compañeros de trabajo o la cercanía de los habitantes del transcurso del día, con quien compartíamos la ignorancia de que existíamos.

Las tres de la tarde en la ciudad de Moreno pueden ser un calvario en verano. Dicen que antes no era así. Pero esa tarde el sol masticaba el pavimento a su alcance y agobiaba al transeúnte casual que se aventuraba a abandonar la protección de la escasa sombra. Yo era uno de ellos.

Apareció el desvencijado transporte que esperaba, hacía ya demasiado tiempo bajo los rayos del sol.

Sólo los colores ocultos tras el polvo de días sin lluvia, anunciaban que el colectivo pertenecía a la línea 501. Interno 56. El chofer un desconocido, a pesar de mi prodigiosa y desaprovechada memoria con rostros y personas. Vacío a esa hora del día, sólo ofrecía un tufo conocido de cuerina chamuscándose con el sol apretado tras los cristales y un polvo sostenido en el aire. Preferí el asiento oscurecido por la sombra casual de una columna de iluminación de la plaza, con la ilusión de que esta permanecería allí, aún cuando abandonáramos la parada y nos pusiéramos en camino.

Para los que no conocen, viajar a esta hora sería una bendición. La velocidad del recorrido, exigida por el horario impuesto al conductor, parecía ser parte de la siesta de los barrios que atravesábamos e invitaba a una descripción turística del paisaje descuidado por las inclemencias del desempleo y la dejadez perversa de funcionarios corruptos.

Un turista disfrutaría de cada bache como si pudiera descubrir en ellos la inmortal marca de una huella prehistórica. Y encontraría en cada casa el pretexto de una historia sorprendente, como el de la familia Costado, famosos en el barrio porque aparecieron muertos en invierno por culpa del brasero. O de Josefa, la curadora de pata de cabra, ojeadura y empacho que cura de palabra y no cobra más que lo que quieran darle.

Para mí, agotador era la lentitud, el traqueteo, las imágenes repetidas.

Conocía al detalle las historias contadas de cada casa del barrio y más en profundidad, cuanto más cerca del cementerio estuviera. Es que, desde hacía siete años cuando me mudé aquí, mi vecina Tita, periodista de afición y ama de casa de profesión, parecía haberme adoptado y asumido el rol de presentadora e introductora oficial a la historia presente y pasada del barrio. Aún cuando la distancia de tres cuadras atentara contra su voluntad de caminar, obedecía como si fuese un mandato divino, a su necesidad de chusmear. Doña Tita atravesaba el cementerio como atajo, para instruirme a domicilio, en cosas que al principio por necesidad y soledad acepté como divertidas, mate mediante. Con el tiempo la reiteración y la levadura de los chismes me cansaron. Entonces comencé a perfeccionar mis técnicas de ocultamiento y simulación cuando, por "casualidad", Tita decidía pasar por casa últimamente. Siempre tenía una excusa creativa a mano o "estaba justo por salir", evitando susceptibilidades.

Me detuve con la mirada en la mancha oscura del sobaco, en el celeste gastado de la camisa del conductor. Me imaginaba el polvo suspendido espesando el sudor inevitable. Y podía casi imaginar el olor inocultable de horas invertidas al volante, condimentadas con poesía mal lograda de una melodía tropical, cuando doblamos a la izquierda y pude imaginarme el agua fresca de la ducha como objeto de adoración estando tan cerca de casa.

La cercanía de la parada, donde he depositado mi persona todos estos años me permitió la oportunidad de imaginar la venganza contra las cuadras de calles de tierra en talco, en un riego exagerado de mis malvones rojos frente a la puerta de casa o los blancos al costado, junto a la ventana del dormitorio. Incluso podría derrochar agua en los ligustros que enmarcaban el pasillo de la entrada.

El timbre de bajada pareció despertar de un profundo sopor a cada gozne del transporte. Con una frenada demasiado violenta para las cubiertas lisas del colectivo, se estremeció la carrocería y descargó su cansancio en mil chirridos y silbidos, que al unísono, simularon un grito inhumano como si fuera una bestia de metal agonizando.

Bajé con el desgano al hombro y con ayuda de la gravedad. Después de todo empezaba a sentir el cansancio. Un cansancio distinto al de todos los días, injustificado para mis flamantes 40 años.

El despido masivo en el frigorífico no había apesadumbrado mis músculos, habia entumecido mi alma.

Yo estaba convencido, hasta la certeza, que trabajando en la oficina de personal safaba. Sin embargo, me encontré enviándo mi telegrama de despido.

Quizás por eso el viaje me pareció tan repetido y el calor tan calor y la tierra de la calle tan talco.

Ni una sola brisa interrumpía la siesta general, ni el recorrido de la transpiración que incomodaba mi viaje.

Zigzagueaba en la vereda del "viejo puto", un tipo que nunca conocí de vista aunque que, encerrado en su bunker, decían, añoraba al Tercer Reich y criaba perros doberman. Su carácter, más reconocido que su rostro, parecía inspirar el sobrenombre que repintaban cada vez que podían, sobre el tapial blanco que ocultaba su vida y acrecentaba misterios. Unos malos y anónimos pintores sociales justicieros lo rebautizaron así, por algún hecho vecinal del pasado aunque seguramente canalizando otras broncas...

A mi manera gambeteaba, esquivando las ramas bajas de adolescentes paraísos "bolita", intentando recolectar la mayor porción de sombra sin dueño.

Cuando llegué al terreno de la casa tomada, no había refugio de la radiación solar insoportable. Pensé en correr hasta la sombra de los pinos, pero recordé que sólo a la lluvia y en pocas ocasiones, podía evitarla intentando no mojarme. Esta vez no era el caso.

Por eso, cuando pasé por la casa de la esquina donde doblaba mi camino, esperé con bronca e impotencia el susto reiterado que el perro me propinaba seguido.

Esperaba encontrarlo agazapado, lanzándose tras mis talones apenas pasara. Tristemente me sorprendió encontrarlo durmiendo bajo el fresco de una enredadera salvaje que parecía querer imitar a los huéspedes de la casa adueñándose de la pared, cerca de la calle. Pensé que hasta eso había cambiado hoy. Infantilmente pensé en asustarlo a él al menos esta vez. Después de todo ya nada podría ser peor.

Sin embargo seguí el consejo de mi fatiga, el de ahorrar fuerzas para esos treinta metros que faltaban para el portón de casa.

Cuando llegué frente al viejo portón de hierro viejo, coloreado con un montón de promesas de pintura, se desplomó mi cielo.

Quise abrazar a mi viejo o encontrar la caricia en el pelo de Mamá, y me encontré llorando sólo en la vereda de casa con el pasto cortado el fin de semana pasado.

Las lágrimas entorpecieron el camino de un sendero antiguo de testarudas pequeñitas hormigas que implantaron el terror sobre los frutales y mis proyectos de frutas frescas de estación.

Busqué el pañuelo perfumado que por costumbre pongo en el bolsillo derecho del pantalón prolijamente doblado aunque sin planchar. Encontré la caja de clips y las dos gomas de borrar nuevas que robé como revancha de tan injusto despido. Y recordé que el pañuelo fue a contener las lágrimas de Marcelita, la chica de la tesorería que estrenaba título de Mamá cuando nos comunicaban el cierre definitivo.

Hurgué en el otro bolsillo, esquivando monedas de diez centavos, la llave del candado que me permitiera entrar mientras trataba de conjugar verbos que rimaran con lo peor. Convencido de la catástrofe que sufría. Quizás por esa distracción pensé que a las cinco de la mañana había sido yo quién olvidó de cerrar las ventanas después de afeitarme y tomar unos mates dulces saborizados con hojas de poleo.

Eso, hasta que vi las sombras de amantes de lo ajeno detrás de la ventana del living.

Reaccioné sin control, alimentado por la furia, el calor, la frustración, el cansancio, la soledad, el hastío y el miedo.

Avancé sin tiempo hasta enfrentar los ojos del adolescente que vestía mi ropa y olía a mi perfume, utilicé la bronca para empujarlo hasta el infierno y choqué intencionalmente con otro que cargaba mi televisor y la radio que me habían regalado en el laburo los muchachos del turno noche.

Caímos ambos sobre el jardín improvisado, aplastando sin clemencia la menta y los brotes de peperina.

Me levantó la intención de detener definitivamente todo y proteger lo único que realmente me pertenecía, cuando me detuvo el dolor o el sonido del disparo.

Cuando la sangre me colmo las manos supuse que moriría. Pensé en doña Tita, como si fuera el diario, y quise dictarle mi obituario. Pondría que yo era buen tipo y que tuve mala suerte en el amor y en el trabajo, esto del robo era sólo una casualidad.

Si hasta tenía los apellidos de los chicos que escaparon corriendo, sin olvidarse de nada, excepto de mis malvones que se secarían sin agua.

Me gustaría que no descubriese Tita como detalle, que intentaría regarlos con sangre, porque sería famoso como "el loco de los malvones".

Cuando mi suposición se oscureció en certeza, lo pensé mejor, lo peor sería que se secaran y nos descubrieran muertos a ambos.

PROYECTO H

Estiró su brazo derecho y con el índice ajustó la temperatura del acondicionador ambiental. Siempre ha preferido ajustarse al lugar en el que trabajaba y no al confort que según su idea, era un obstáculo ante el menor inconveniente.

La alarma sonora del microondas lo indujo a terminar de despabilarse e inclinar a su izquierda el cuerpo para tomar con la mano el desayuno líquido que acostumbraba, una infusión sencilla sin demasiadas calorías ni efectos estimulantes.

Volvió a recostarse y con un suspiro de resignación encendió el tablero digital de noticias, sabía por alguno de sus conocidos, que la nota del reportero estrella del Universal atacaría duramente su trabajo y quizás significase el principio del fin de una labor de años. Leyó en voz alta, casi como queriendo canalizar esa impotente bronca.

"... los trabajos comenzaron unas tres décadas atrás, aunque nunca con resultados satisfactorios. Siempre algún pequeño espejismo, un indicio, decían; que anticipaba los festejos y luego nada. Así de simple, nada.

¿El Proyecto Historia es hasta hoy un fracaso? ¿O debería decir un fraude?

Desde de otro punto de vista hasta me atrevo a pensar que puede haber sido un gran negocio.

¿Por qué tenemos hoy nada, después de tanta energía invertida, tantos recursos, tantas vanas esperanzas, que a propósito nunca contaron con mi auspicio?

¿Acaso el Consejo ha dispuesto fondos enormes para buscar... nada?

El punto es que alguien convenció a todos de que su sueño era real y allí fue el dinero de los contribuyentes, producto vendido, vida rentada asegurada, para un equipo de antropólogos tratando de encontrar el eslabón perdido de nuestra historia en la mitología no escrita.

Nadie es dueño de la verdad, lo sabemos todos, pero la estupidez suele ser una especie de condominio y éste parece ser el caso testigo. Porque es una estupidez general seguir creyendo en cuentos de hadas hoy. Pero no es lo más grave, me preocupa el hecho de que sigamos subsidiando un proyecto que más que buscar nuestra historia pareciera tratar de probar la fe personal del Dr. Daniel Debra en cuentos para niños, que lo impulsó incluso a arriesgar hasta lo inevitable la vida de su esposa, la brillante Dra. Orbis.

El Consejo esta semana trataría, en sesión extraordinaria... ''

El Dr. Debra dejó de leer, aunque seguían bajando notas, novedades y ofertas en su tablero. Dejó caer sus párpados pesadamente, volvió a suspirar e intentó poner su cabeza en blanco. No pudo. Redactó mentalmente centenas de respuestas posibles, con agravios y sin ellos, invocando la intervención de la justicia y en algunas un duelo personal.

– Justo ahora, tan cerca... tan cerca. Murmuró meneando la cabeza de un lado al otro, negativamente.

Después simplemente se incorporó y como un autómata se dirigió al baño, quizás buscando desvanecer el comienzo de un día, que sabía, sería muy duro.

Encendió el ionizador con una orden vocal y se selló herméticamente la cámara de baño. El frío del líquido limpiador le resultó vigorizante y hasta bromeó sobre el efecto automático del antioxidante.

Consumidos los once minutos del procedimiento, el viscoso gel azul en el que se encontraba completamente sumergido fue extraído silenciosamente, mientras que de las cóncavas paredes de la cámara, miles de pequeños dispositivos se fijaban al cuerpo, estimulando eléctricamente cada músculo de un cuerpo en condiciones atléticas óptimas.

Daniel Debra, antropólogo e historiador universal, viudo, sin hijos y con noventa y cinco años cumplidos comenzó a llorar como si fuera un niño. Se había prometido a sí mismo desde el fin de las Guerras de Exterminación buscar más allá de la historia guardada digitalmente, y encontrar los indicios de un mundo que su tatarabuelo le describía cuando niño. Y hoy, tan cerca de cumplir su promesa, el proyecto corría serio peligro de ser abortado.

La voz del video comunicador hizo que se apresurara en enjugarse las lágrimas.

– Comunicación solicitada por un miembro de Consejo. Prioridad: Alta.

Carácter: Urgente. Asunto: Proyecto H. Identificación: Freddy López.

La voz electrónica hizo la pausa acostumbrada.

– Aceptada. Dijo el doctor, con cierto alivio a pesar de la preocupación, ya que Freddy había sido su compañero de clases mucho tiempo atrás y lo consideraba un amigo.

La pantalla de cristal líquido delineó con nitidez un rostro familiar, casi sin cambios desde el cóctel de egreso hacía setenta años, cuando se despidieron prometiendo volver a verse pronto, aunque las líneas del rostro estaban endurecidas por la seriedad solemne que demostraba la imagen.

– Daniel, ¡tanto tiempo!. Sé cómo estás y has estado, he seguido personalmente tus trabajos y te he apoyado incondicionalmente. Ahora estamos en una situación difícil...

– Me alegro que estés bien, Freddy. También que seas el primero que llama, supongo que ya leíste la nota...

– Daniel..., escuchá, no es mucho el tiempo del que dispongo para hablar, quiero decirte que el Proyecto H será cancelado de no haber resultados en un término de 3 ciclos. Tenemos muchas presiones por aquí.... Y más no puedo hacer de mi parte, lo siento...

– Gracias, Freddy, sé que valorás mi trabajo y hacés todo lo posible por continuar con esto, sabés que el tiempo no ha sido nunca un buen aliado de la investigación antropológica, aunque estoy muy cerca de poder tener algo, todavía es demasiado pronto.

– Espero que puedas concretar algo por el bien de todos en ese tiempo, aquí....

La imagen se descompuso en millones de pequeños cuadraditos desalineados, distorsionando las formas hasta desaparecer por completo ante un negro absoluto.

– Lo siento. Comunicación interrumpida. Causas Probables: Explosiones radioactivas de la estrella más cercana en proceso de contracción. Susurró seductoramente la voz electrónica del video comunicador.

– Mejor.Pensó el doctor, presuponiendo que no había mucho más de qué hablar y se dispuso a vestirse con el traje de trabajo en atmósfera agresiva, mientras ingresaba el código de suspensión general del módulo, para ahorrar energía.

Afuera, el paisaje era desértico, desolador y a la vez hermoso, con la belleza propia de un ambiente ajeno al acostumbrado. Desde la explanada ya podía ver que el resto del equipo estaba trabajando. Extrañamente el viento era hoy una brisa, que apenas arrastraba la arenilla blanca que se empeñaba en cubrir los anteojos del visor. La luminosidad agónica de la estrella más cercana pintaba en pasteles un horizonte, donde sólo un gris brillante del satélite natural del planeta parecía querer desentonar. Hacía treinta y dos años que el Dr. Debra había desembarcado allí con la esperanza de estar en el lugar correcto, aunque fuera cierto que otras ocho veces pensó lo mismo. Traía consigo, en ese entonces, un grupo numeroso de robots soldados reprogramados y algunos mercenarios de las Guerras de Exterminio, que desempleados estaban dispuestos a arriesgarse en cualquier aventura. Fueron días durísimos, sobre todo cuando faltó el agua por un retraso en el convoy de provisiones y hubo que viajar al planeta rojo cercano y extraer hielo. O cuando las deserciones por supuestas maldiciones planetarias que acompañan a toda leyenda significaron la perdida de material imprescindible, incluso el módulo biogenerador, donde se produce el alimento y el oxígeno necesarios fue puesto en peligro de inestabilidad.

Y no fue hasta hace unos doce años con la llegada de nuevos equipos y de quienes hasta hoy lo acompañan, que con aquel accidente que significó la desaparición de su esposa, empezó a convencerse que era el planeta correcto, aunque nada fuera como esperaba. Era la época del desconcierto en la que se cavaba sin criterio, al azar, con desesperación de encontrar algo, entre tanta tosca y arena blanca, que terminó en la colisión de dos naves excavadoras unas de las cuales desapareció en una de las tantas grietas, cubriéndose luego de arena. Su tripulante era la Dra. Débora Orbis, la esposa del Dr. Debra.

Sin embargo, la nave de excavación bautizada Estrellita, en honor a una cantante de ópera de moda en ese momento, transmitió la imagen borrosa de una forma geométrica sólida, antes de perderse.

Con esa única y endeble prueba los esfuerzos se concentraron en trabajar en esa zona marcada como sector DCA215, aunque todos le llamaban Débora.

Hubo que reorganizar los trabajos, reordenar material y planificar nuevas tareas aunque tardaron mucho tiempo en volver a excavar.

El Dr. Debra caminaba lentamente hacia el grupo de trabajo siguiendo el sendero marcado como seguro y con aquella imagen geométrica revelada por su esposa antes de desaparecer. Aún no concebía tantos años invertidos sin encontrar al menos ese objeto sólido de extraña apariencia. E incluso no podía aceptar que los espectrómetros ni siquiera fuesen capaces de encontrar la grieta para seguir al menos ese rastro. Y hoy el tiempo parecía haberse terminado.

Hizo una pausa a pocos metros donde se trabajaba planificando el día y reprogramando los equipos.

No sabía qué decir, se le ocurrió agradecer y romper en ese llanto tanto tiempo arrumbado en el alma. Pero en ese instante la Dra. Marisha Estrz, giró, quizás presintiendo su presencia y reconoció al Dr. Debra detrás del traje, aunque el rostro y la postura eran más sombríos que de costumbre.

— Doc, dijo, otra vez insistió en preparar el desayuno sin el procesador masivo de alimentos....Una broma repetida de años que había ganado con el tiempo el Dr. Debra cuando cocinaba alimentos frescos para reemplazar la acostumbrada alimentación líquida procesada.

– Lo siento, Marisha, no estoy para bromas hoy y me gustaría reunirlos a todos en el laboratorio para comentarles varias cosas... dijo aceleradamente el Dr. Debra, volviendo sobre sus pasos ahora en dirección al laboratorio.

Marisha desconectó el controlador analítico de programación, conectado a su visor, y por el intercomunicador móvil les comunicó a los demás la orden. Conocía hacía mucho tiempo al doctor y sabía que sólo con las malas noticias era de comportarse así, por lo que agregó el carácter de urgente a su mensaje.

Los demás, ensimismados en sus tareas fueron sorprendidos por la voz de Marisha. Inmediatamente después se dieron por enterados aunque continuaron unos segundos conectados a los robots exploradores de subsuelo hasta terminar por dejarlos ejecutando la tarea encomendada.

Los ocho formaron una fila de trajes blancos brillantes siguiendo el sendero metalizado de seguridad hasta el laboratorio. Luis, el más joven del grupo y nuevo encargado de programación de biosoportes, activó en su visor el escáner de retina y transmitió la información al cerrojo electrónico de la puerta. Unos instantes después, ésta se abrió.

Ya en la cámara de descontaminación todos fueron despojados de los trajes de supervivencia y fueron bienvenidos por la monótona combinación de sonidos electrónicos del laboratorio. El doctor de espaldas a la puerta revisaba viejos informes de su redacción y sin girar dijo:

– Por favor tomen asiento y dispongan de servirse algo... Tanta solemnidad hizo que las miradas se cruzaran en silencio buscando alguna respuesta en los ojos de otro. Sólo Gustavo Wasinger, piloto de la nave mayor, activó el dispensador de alimento líquido y se dispuso a beber.

El Dr. Debra caminó, sin levantar la vista, hasta el sillón ubicado exactamente en el centro y en oposición a la medialuna, y se sentó pesadamente, notoriamente agobiado.

– ¿Saben por qué estamos aquí? lo sé... Comenzó diciendo. pero me van a perdonar, porque seré reiterativo. Repasaremos juntos qué nos ha motivado a vivir tan aislados y lejos, incluso de nuestros recuerdos y de vidas normales, para eso los he convocado aquí. Y es que quizás deberemos abandonar contra mis deseos y sueños nuestra búsqueda...

El murmullo siguiente fue una combinación curiosa de expresiones negativas, de incredulidad y de justificación. Los gestos y movimientos de manos y cabezas completaban la escena de descontento. Luego, casi como ensayado, cada uno adoptó una posición distinta en su sillón. Algunos se dejaron caer sobre el respaldo, otros sobre la mesa y unos pocos comenzaron un movimiento nervioso regular con las manos o algún pie.

El Dr. Debra se incorporó e intentando disimular su enojo y mirando a cada uno a los ojos dijo:

– Tranquilos, escapa a nuestra voluntad y sólo el azar es capaz de cambiar decisiones seguramente ya tomadas.

Respiró profundamente y volvió a sentarse.

– Ahora, déjenme cumplir el deseo de repasar tanta teoría casi como si fuera una de aquellas clases que dictaba en mi juventud.

Inclinó el cuerpo hacia delante, apoyó los codos sobre sus piernas y el mentón sobre sus manos de dedos entrelazados.

– Comencé con antropología porque la historia, creía, me la había contado toda mi tatarabuelo, historia que sabía por boca de su abuela paterna, quien a su vez había heredado también de sus abuelos relatos de sus recuerdos. La antropología sería para mí el medio de búsqueda para fundamentar aquellos cuentos que escuchaba cuando niño y que aún hoy creo ciertos.

Mi abuelo decía que antes de la historia que se enseña en la escuela, había otra historia de la que nadie hablaba. Él me decía, que hacía muchísimo tiempo, vivíamos en otro planeta, un lugar tan hermoso como el nuestro, que hubo que abandonarlo porque la vida humana estaba amenazada, supongo a esta altura que por contaminación, alguna amenaza biológica o un ataque Erp, aunque no descarto la posibilidad del comienzo del fin de la estrella cercana.

Muchas naves salieron en diferentes direcciones hasta que alguna encontró el planeta donde nosotros nacimos y comenzaron a reunirse allí todas las que pudieron llegar. Todas transportaban tecnología biológica, además de personas y registros digitales del pasado, para en lo posible poder darle continuidad a lo que conocían como vida normal.

Todo fue relativamente bien hasta la invasión Erp que desató la primera Guerra de Exterminio, en la que el objetivo era la extinción de la especie enemiga. Y como todos sabemos, ellos casi lograron su cometido si no hubiese sido por nuestra conocida alianza con los Yheu. Desgraciadamente se perdió mucho de lo que se había transportado en las naves, para siempre...

Así es que, nada antes de la primera guerra quedó registrado y lo que persistió incluso fue cuestionado. Pero la tecnología Yheu nos permitió la prolongación de la vida humana e incluso la exploración más allá de lo conocido. Desde entonces se comenzó la búsqueda del pasado perdido con la poca información disponible y sólo interrumpida por la segunda y tercera Guerra de Exterminio.

Por eso nosotros caballeros…, Marisha y Nancy Velázquez, infante de la armada y componente único de la fuerza de seguridad de la expedición, levantaron la cabeza reclamando protagonismo... y Damas, estamos aquí cumpliendo con casi un objetivo de la humanidad, encontrar parte de nuestro origen como especie...

Repentinamente la voz del doctor cambió de un tono monótono a uno agudamente circunspecto y agresivo.

- Aunque muchos no lo entiendan así, este grupo de exploración tiene el honor de haber llegado más lejos en las etapas del Proyecto H que ningún otro grupo. Aunque será posiblemente el último durante mucho tiempo porque el Consejo Superior, influenciado por imbéciles de pobres ideas, cancelará la investigación.

El silencio inundó el ambiente. Sabían que esto significaba el regreso a sus hogares pero ninguno podía evitar la tristeza de abandonar un proyecto que habían asumido como propio. Héctor Díaz, geólogo, no pudo contener las lágrimas silenciosas que se deslizaban por su rostro.

- Personalmente y también en nombre de mi esposa les doy las gracias y las felicitaciones por su profesionalismo y amistad. Creo...

El doctor fue interrumpido por la señal de recepción de video prueba subterránea. Uno de los robots exploradores enviaba posibles muestras de documentación. Gustavo, Luis y Marisha se incorporaron a medias, forzando la vista para alcanzar el monitor. Héctor corrió hasta la consola principal y proyectó la imagen en la pantalla mayor del laboratorio.

Un espectrómetro había encontrado algo como un bloque demasiado simétrico en algunos de sus extremos y había alertado al robot número 3 dándole las coordenadas de su ubicación. El robot ya en posición empezó a enviar una imagen débil y sin claridad. Nancy activó remotamente el rastreador de radioactividad y los micrófonos del robot. El siseo de la arena arañando los metales del robot al escavar tensó los sentidos de todos en la sala buscando un eco o algún ruido extraño.

El Dr. Debra se dirigió a la computadora de registro y transmisión de material de estudio, sin entusiasmo, casi resignado y activo la función prevista en el protocolo de investigación.

Un chasquido metálico, otro, eco, ruido de metal hueco. El robot dejó de cavar y activó sus brazos en máxima sensibilidad con cepillos a sus extremos para remover suavemente ahora la arenisca. En el laboratorio Daniel Debra cayó de rodillas lentamente con el rostro entre sus manos llorando. Nancy y Luis corrieron hasta allí intentando levantarlo, pero Gustavo los detuvo suavemente diciendo – ¡Déjenlo, hemos encontrado a Débora...!

Lentamente, cada uno se ocupó de tareas asignadas hacía mucho tiempo en casos como estos y comenzaron las tareas de rescate de la deteriorada nave. El doctor se incorporó ayudándose con la silla próxima, intentó tomar el control del procedimiento pero una mirada de Héctor fue suficiente para entender que no era esta una situación en el que su criterio podría ser útil y se alejó por el pasillo que conducía al módulo biogenerador.

Se detuvo un instante para observar el mapa de disposición de especies. En el sector 11 encontró las flores y con un suspiro largo y profundo se dirigió allí. Al encontrar los jazmines, se sentó en el suelo intentando hacer del aroma el confidente perfecto de su silencioso dolor.

En el laboratorio, la mano temblorosa y húmeda de Marisha se apoyó sobre el tablero de cristal de comunicaciones termoactivando cuanto intercomunicador de ambientes pudo abarcar.

En los pasillos, en las cámaras, en los módulos personales, en los móviles, en las naves, en el biogenerador e incluso en el laboratorio, su voz excitada retumbó pesadamente.

– ¡Tierra, Doctor!

– ¡Danieeeeeeeel tierra, tierra!

El Dr. Debra no recordará nunca cómo logró llegar tan rápidamente al laboratorio, tampoco que su falta de delicadeza cuando atravesó a la carrera las legumbres ni del golpe que se propinó enredado en las frutillas, porque nada pareció importarle. Sólo recordará que estando allí, vio a su equipo abrazarse y felicitarse, y saltar y gritar a los más introvertidos.

Pensó en despertarse del sueño, porque eso creía, cuando vio en la pantalla que el espectrómetro dibujaba el contorno de un monumento roto, recostado sobre una de sus caras, un obelisco partido. Y seguramente no podrá olvidar lo que leyó después en la imagen de video que captaba el robot número 3:

"De Buenos Aires a la R publica, en el IV Cent n rio de su fundación...".

LA HISTORIA DEL MUNDO

Un día los buenos del mundo se juntaron. Buscaron aliados entre los malos no tan malos y los buenos no tan buenos. Los malos menos malos aceptaron bajo sus propios términos que por supuesto no eran tan buenos, pero tampoco tan malos. Lo terrible fue coincidir con los buenos no tan buenos que pretendían un reconocimiento nobiliario distintivo para diferenciarse del común denominador de los buenos buenos.

Finalmente, en una votación nominal cerrada se le concedió a los buenos no tan buenos el título de Vivillos, que no debe confundirse ni con "aprovechadores" ni con "pillos".

Mientras tanto los malos medio malos, intentaron colarse, entrar por la ventana a la alianza, hacer trampa sin dañar a muchos, sólo a unos pocos de acuerdo al criterio menos malo.

No dio resultado, así es que fueron en busca de los malos malos para construir su propia alianza, que no prosperó por la maldad que los desunía.

Los terriblemente malos se habían juntado lejos de unos y otros. Se sabían lo suficientemente inteligentes y malditos como para seguir solos.

Los imbéciles por su lado, no sabían si tomar partido o no. No decidieron nada, sólo discutieron imbecilidades sin poder producir otra cosa que dolores de cabeza entre ellos mismos.

Cuando la alianza de la gente buena unida terminó por sellar en un documento sus principios básicos y la instrumentación e institucionalización de juicios y tribunales de ética y buen comportamiento, se autoconvocaron   a integrar la Buena Milicia. Allí surgió un gran inconveniente, un abismo insalvable para la alianza. Los buenos buenos no aceptaban la idea de integrar una fuerza militar, porque eso implicaba prepararse para la guerra, cosa mala si las hay. Los buenos no tan buenos, por las suyas ya tenían algún arreglo difícil de esclarecer con proveedores de armas, quienes no eran otras personas que malos malos buscando su beneficio personal.

Cuando el acuerdo de venta de armas se cayó por la disolución lenta y agónica de la Buena Milicia, los malos malos asesinaron a los buenos malos y a los malos menos malos por no convencer al resto. Sólo se salvaron algunos Vivillos haciéndose pasar por buenos buenos.

Enterados de las dificultades organizativas de la Alianza, los malos medio malos decidieron atacar. Sin defensa armada, los buenos aliados intentaron con palabras, datos empíricos, dogmas varios y abundante retórica, convencer a los medios malos de lo mal que hacían. Fue inútil. Los buenos buenos incluso pusieron la otra mejilla como último acto voluntario antes de su muerte, con la pretensión de ser recordados como absolutamente buenos.

Los pocos Vivillos que habían sobrevivido a la venganza de los malos malos, terminaron matando buenos buenos para con ese acto testimonial convertirse en medio malos. Alguno que otro malo menos malo, intentó usar el arma que llevaba escondida entre su ropa, pero todos terminaron superados por el inmenso número de malos medio malos.

Los terriblemente malos, observadores silenciosos y distantes, esperaban su momento como los buitres, sabiendo que tarde o temprano la debilidad de todo ser humano se dejaría ver detrás de la necesidad o la malicia.

Entonces, sorpresivamente, los malos malos también atacaron. Los malos medio malos apenas podían sostenerse en pie y evitar pelearse entre sí cuando los malos malos atacaron sin ninguna piedad, de hecho no sabían que era eso. La masacre superó en dimensión y atrocidad al genocidio de los buenos buenos y malos menos malos. Pero cuando sólo quedaban con vida unos pocos medios malos, entre los que aún persistían vivos diez o doce Vivillos, el General y líder militar de los medio malos liberó su último desarrollo armamentístico.

Un potente gas de color ocre comenzó a esparcir por el aire un arma biológica "inteligente" capaz de afectar en forma selectiva a aquellas personas con el gen de la maldad presente en su ADN. Un arma verdaderamente mala. Murieron los últimos medios malos y todos los malos malos casi en el acto. Los buenos no tan buenos, esos Vivillos de supervivencia probada se sintieron vencedores sin querer, buenos para ganar sin pelear o para fingir lo que no eran, ahora probaban ser no tan buenos a la hora de los falsos saludos entre sí. Intentando que el convencimiento propio e individual de que el logro le pertenecía a él y sólo a él, permaneciera oculto y escapara apenas en el ninguneo social.

Los terriblemente malos que sabían del arma no tan secreta de los malos medio malos, decidieron matar desde lejos a esos Vivillos que se creían superiores al resto, acercarse hubiese implicado correr el riesgo de ser afectados por lo letal del arma biológica de probada eficacia.

Labor sencilla voltear con plomo a buenos no tan buenos desprevenidos y a la distancia. Eso fue hasta que el último bueno no tan bueno herido de muerte, arrastrándose entre los cadáveres de buenos buenos, malos malos y malos medio malos, en su último aliento de vida se convirtió en el trofeo principal al que todos aspiraban meterle un balazo entre los ojos.

La cosa pasó a mayores tan rápidamente que no hubo tiempo de distinguir quién ni cómo, uno mataba a otro con terrible saña y a traición. No quedó ni un solo sobreviviente, incluso quien había logrado sobrevivir a la batalla inter pares se suicidó intentando superar la maldad del resto, torturándose a sí mismo. Lo hizo lenta y dolorosamente. Antes de cerrar para siempre sus ojos, ahogado en su sangre, alcanzó a ver maldiciendo como quien fuera el centro de la disputa, el mal herido bueno no tan bueno, allá a los lejos moría desangrado sin el deseado tiro en la cabeza.

El silencio fúnebre cubrió las últimas exhalaciones con un manto pesado y lúgubre. La batalla final de todos los tiempos la ganó la derrota total o la muerte, no hubo nadie que pudiera confirmar quién de ellas había arribado primero a la meta.

El mundo ya no era el mismo. No olía igual, no se veía igual. No tenía a sus viejos amos ni pretendidos dueños o insistentes predicadores del deber ser, sino amontonados, inmóviles aquí o allá, con rostros, gestos y posturas tan rígidas y heladas que causaban escalofríos.

A nosotros, los imbéciles, la verdad nos importó poco. Apenas si alguno como yo se acuerda más o menos de aquel día o los siglos en que sucedió lo que sucedió.

Desde entonces hemos tenido que arreglárnoslas solos. Así es como muy de a poco, imbécilmente claro y sin saber para qué o por qué, terminamos por darle forma a este mundo en el vivimos.

EL VIAJE

No es demasiada la gente que dormita sentada o parada en el vagón que de suerte compartimos. Desconocidos de origen y de destino, vamos o volvemos con la amarillenta luz que empeñada en ocultar la mugre que acontece bajo nuestros pies, aletarga las ideas y las palabras. Palabras que aportan al murmullo arrullador del tren una cuota de irregularidad para el insomne.

Me duermo y ella, a mi izquierda también, el calor de su cuerpo excita el mío, el cansancio derrota a la pulsión y mis párpados caen pesadamente por períodos deliciosos de sueños profundos que no recuerdo luego. No duermo, es una especie de ausencia de pensamientos.

Ayuda ver el suelo, sus papeles y gomas de mascar, ese polvo nocivo de millones de partículas peligrosas o la gente sucia o recién bañada, de transpiración insoportable o colonia barata. Es que domingos como este que acaba, con sol de primavera en un invierno generoso de frío, motiva a todo el mundo a andar lo contenido esas tardes frías de pocas horas de luz.

Me cruzo con la mirada vieja del anciano que apenas me deja cruzar las piernas ocupando con las suyas y el bastón mi comodidad expresada en centímetros cuadrados. Luego cae su mirada sobre el nieto que después de haber jodido la primera parte del viaje, se dedica a darme envidia durmiendo como un ángel celestial en reposo. A mi derecha, junto a mí, una mujer bien vestida, de ardiente rojo, con un buen cuerpo y un alma que supongo cansada de vida al hombro, no deja de arrojarme esa mirada de reproche por un asiento ganado en la estación previa.

No me fijo más allá de la abuela que logró sentarse y que después de una sonrisa de satisfacción acomoda esas bolsas que se convierten en el tesoro posterior a unas compras en el súper. Adivino el paquete de yerba, esa que no consigue en el centro y también un quesito, algo especial.

El vendedor interrumpe mi viaje en tobogán al principio del sueño, con la voz agrietada de mil ofertas y que nos revela la utilidad de un inútil artefacto, que compra el muchacho recostado sobre las puertas a mi derecha y en diagonal, que miraba a través de ellas como buscando descubrir lo distinto, con la mirada aburrida de viajes idénticos.

El vendedor me deja una muestra sin obligación de compra, como lo hizo antes el pibito de doce "con catorce hermanos sin papá y con mamá en el hospital". A nadie más conmueve el ofertón, ni las imágenes del ajado corazón de Jesús, y cómo aparecieron, desaparecen tras los golpes de puerta y el saltito al próximo vagón.

Ella volvió a sonreírme y se acomoda, puedo ver mejor por la ventanilla a su lado cómo agoniza el día y la angustia se apodera de mí, pensando en un lunes que se sentencia como suficiente mal para un domingo en retirada. Justo cuando la estación de Ramos desaparece detrás del marco que velozmente avanza comiendo el paisaje vertiginoso.

Cierro los ojos, escucho sin querer lo mal que jugó Independiente y que a pesar de eso volvió a ganar, aunque no creen, los opinadores del momento, que llegue a campeón. Pero me intereso más "lo mal que la trató la nuera a Mecha, la hermana", parece de nuestra compañera de viaje. A decir de su boca en pleno viaje y sin pudor, la nuera "es una yegua" y que "engualichó al pibe, porque es un pibe, a pesar de tener veintinueve y también un santo". Susurran algo que no entiendo y me tiran el resto del comentario: "... pero no lo va a hacer más, no creas..., eran las malas juntas, el hijo de la Pocha, el Cacho...".

Me cansaron. Abro los ojos para encontrar a los protagonistas de tal mercado de chismes y se escabullen entre gente nueva que sube en tropel y arremete con los codos por el espacio reducido casi a intersecciones de cuerpos.

Es de noche ya y acaricio su pelo, sé que le gusta y ella se conmueve y me regala una caricia sobre mis piernas a medio estirar y medio encogidas. No veo la hora de llegar, porque ahora se me da por pensar sobre la vida, los errores, las dudas, y vuelvo a no soportarme. Aprieto mis párpados, y los refriego, jugando con las lentes de contacto que son a esta altura una especie de tortura china que soporto, por no sacarlos y contaminarlos con mis manos sucias.

Así a oscuras imagino el silencio con sabor a murmullo y la oferta del pancho y la coca en la estación de partida, me interrumpen alertándome de la llegada del hambre sedentario y de raíz ansiosa.

Siento de pronto que la luz amarilla del vagón se ausenta por segundos una y otra vez, y la bocina ensordecedora desacomoda al abuelo y al nieto.

El chirrido de los frenos rabiosos la incomoda, y ella con una enternecedora belleza comienza a preguntar por lo sucedido. En ese momento se detiene el tren con cierta violencia y el murmullo eleva la voz. Es omnipresente, no puedo evitar oír los comentarios de un accidente, una persona, una mujer atropellada. De pronto todos saben, nadie está seguro y muchos protestan por la recurrencia de estos hechos, justo cuando viajan ellos. Nos quedamos sentados, como poca gente. El resto mira por las ventanillas abiertas ahora, como gargantas a un invierno que se justifica con ráfagas heladas de viento.

No estamos lejos, pero el tren está detenido, algunos experimentados, comenzaron el éxodo para supuestamente abandonar el viaje, ahora interrumpido. No me fío, no los sigo y evito las miradas que buscan un ping pong de comentarios macabros.

Una calma estremecedora vuelve al vagón, sólo los mensajeros del conocimiento que no han abandonado el lugar, predican propuestas buscando adeptos. El abuelo interpela al "cana" que esquiva gambeteando brazos y preguntas, se le escapa... Detrás, el guarda, que fue hasta el final del tren, volvió y ahora repite su viaje, es menos respetado. El abuelo lo detiene y logra sacarle algo respecto de "esperar al juez" y de "suicidio". Esa mágica combinación de palabras, estimula a quienes intentan movilizar pasajeros al abandono del barco reclamando algo de reconocimiento honorario por sus predicciones acertadas. Otros se calman y continúan su viaje, ahora sin movimiento del tren.

Me estremezco. Me..., no se que me... Pero siento la molesta indiferencia de los porcentajes clavarse en los policiales de mañana y espero sin respuesta la aflicción de gente curtida "de que pasa siempre".

Los pocos que quedamos, ahora estamos sentados, pero casi soy el único que permanece apesadumbrado, ella toma mi mano izquierda y entrelaza nuestros dedos regalándome tranquilidad y seguridad con esos ojos claros que me pierden.

Minutos más minutos menos, seguimos aquí con los paredones que anuncian la cercanía del destino y nos cobijan aterradoramente con sus infinitos ladrillos a la vista. Vuelvo la vista al interior y veo de frente, por el pasillo, cómo se acerca sigilosamente, sin tocar a nadie casi como un gato. Pero no camina, simplemente se desplaza. Oscura, pero nítida, veo cómo agota la distancia que nos separa. No puedo desviar mi atención, como si nada de lo que existe junto a mí estuviese acá precisamente.

Me incomodan los estiletes fríos que siento se clavan en mi espalda y arremeten con la nuca. No se me ocurre la postura correcta, sólo me ocurre. Más cerca es peor, casi no puedo respirar. Miedo, si puede ser miedo, pero lo destroza cada centímetro en el que avanza.

Comienzo a creer en la eternidad cuando ni siquiera el corazón me golpea rítmicamente y busco los latidos para medir el tiempo al menos con eso. No puedo, ya es inevitable el encuentro. Pasa junto a mí, sonríe. Me sonríe. Y escucho, sin escuchar, como si fuera un sonido interno, interior, que me deja un "Hola, Miguel".

Bajé la vista y dejé que el mentón golpeara el pecho. No me animé a seguir con la vista su trayecto.

Volví a ver el vagón, el murmullo, la mugre y la amarilla luz me alentaron a buscar a mi izquierda a esta mujer que me ayuda a soñar cosas hermosas y la encuentro dormida, enternecedora, aún mas hermosa. Busco al abuelo, sigue allí incómodo como yo, con su bastón y su nieto que ahora actúa de no sé qué Pokemon. La mujer de rojo está más allá, ahora sentada donde estaba uno de los líderes del primer motín de abandono. Pero sigue mirándome con esa acusación de falta de caballerosidad para una dama como ella. Vuelve el vendedor, lo oigo a mi espalda con la misma voz, casi diría con más entusiasmo que antes. Sí, con el mismo producto filipino.

Nos sacude la inercia del primer movimiento que reanuda la marcha, desacomodando a quienes ya habían desarrollado la habilidad de dormir parados con el apoyo único de las puertas cerradas. Se enlistan preparándose quienes buscan ahuyentar la ansiedad o la impaciencia.

Cinco minutos, treinta y tres segundos. Fin del viaje. El tropel de salida arremete con el que lucha por entrar, mientras sigo sentado, paralizado e inmóvil. Ella, mi amor, se pone de pie, después de la última patada que el nieto logró aplicarme sin razón ni querer. Me invita a bajar y sobre el andén me ofrece un amor tan grande y fuerte como el abrazo que aleja de mi mente, como si hubiese sido un sueño, mi primer encuentro con La Muerte.

DESAGRAVIO A TU OLVIDO (UNISEX)

"Vos, que sabés de mis secretos, mis pecados y mis culpas. Vos que te llevaste mis besos más ansiosos, que guardaste quién sabe dónde la ilusión de un desayuno en París o la idea de compartir un departamento en Palermo. Vos, que siempre estás un paso adelante y cambiaste la marcha maratónica por esta ausencia silenciosa. Vos que sabés que la distancia es flor de excusa, de muralla, de tiempo que trascurre como un río. Vos, que apostás al olvido sin confesarlo, que escapás a los recuerdos mientras abrazás otros brazos o besás otro cuerpo. De memoria moririas, como muero yo a cada rato. O de celos, si supieras que yo también puedo, aunque no quiera. Creés que sí, pero sabés que no. Prefiero imaginar que sí, que preferís huir a más de aquello que no era lo que era sino lo que deseábamos. No sé si importa. Bah, puede que importe pero me gustaría que importara menos.

Lo jodido de esto es que no haya inocentes ni culpables, sólo partes. Sería incomodo saber que el equipaje que cargás pesa más que el mío. Aunque quisiera que pese tanto como esta culpa.

La soledad me propone cada noche el olvido o la pena, sin medias tintas. Y elijo tantas veces la pena creyendo que vale... A veces, te digo que apuesto al olvido, pero como vos, él también desaparece. No a tu manera. No con cuestiones valederas sino, simplemente me deja entre las piernas de los recuerdos y me pierdo. No lloro, no sé llorar por lo que no es propio.

Pero suelo detestar la soledad de los días de lluvia o la algarabía de los días soleados y los sueños que aún conservo sin posibilidad de resoñarlos.

¿Para qué intentar realizarlos, si sos parte de ellos en presencia?

Tu ausencia no sostiene los castillos en el aire. La croissant y el cafe au lait saben amargos en la Rue Saint-Honore cerca del Louvre. En Palermo un departamento sin inquilinos llora su humedad sin sofás como los nuestros, ni bibliotecas como queríamos. Importa, a mí me importa que te importe. Pero no lo sé. No sé si te interesa siquiera saber que llegó la primavera y el deshielo no es lo que creí que fuera. Sin embargo, tu olvido me agrada. Soy el centro de ese tiempo ausente en tus días de memoria, lo quieras o no. O bueno, quizás un detalle más en una historia conocida. Me sienta bien la forma en la que construís tu ausencia, intencional o no, no estás. Ni poco ni mucho. Lejos, siento el aire frío de tu destino distinto.

Insisto en clavar el puñal de tu intención en el pecho de mi confianza. Quizás ahora, otros ojos son tu ventana al mundo y seguramente te arriesgás como no lo hubieses hecho antes, o bien yo no te conozco tanto. En realidad no lo sé.

Como siempre, lo mejor sería odiar porque es más fácil matar los sueños, pero no es sencillo cuando no hay razones. Por eso apelamos al olvido propio para que deje de arder el olvido ajeno. Y así tampoco puedo. Pero en tu memoria frágil construyo mis fortalezas oscuras; es confortable la oscuridad porque cualquier chispa de luz es como el chasquido de los dedos de Dios.

Por eso desagravio a tu olvido, porque no ha sido nunca mi problema aunque me cueste admitirlo. La cuestión era más mía desde el principio a pesar de no querer verla. Y tu lejanía, la excusa perfecta para someter al deseo y esconderlo en los rincones hasta cuando alguien quiera rescatarlo. Definitivamente mi problema no es tu olvido, lamentablemente sigue siendo tu recuerdo."

París, abril 1949. Alicia P. o Augusto L. (según convenga).

LA SIESTA

A mi abuela Elda.

En mi pequeño pueblo la siesta en verano era inevitable, también en invierno supongo, pero yo estaba en la escuela (salvo cuando iba a la mañana) o el colegio. Y extrañamente no recuerdo mucho de esas tardes interminables de invierno (la tele empezaba a las 17 en el único canal disponible y a las 19 en verano). Sí recuerdo el dolor de los labios paspados (una constante) posterior al picado en la canchita de la vía o el calentador a kerosene con una ollita hirviendo hojas de eucalipto medicinal (las redondas para los que no conocen) que solía perfumar el cuarto donde dormíamos con mi hermana e incluso prevenir la gripe o "abrir el pecho" y la bendita estufa a leña del living en la casa de mis abuelos.

Quiero invitarlos a mis recuerdos de las siestas de verano, que muchas veces me invaden la mente regalándome una tranquilidad increíble y una profunda alegría. Como todo niño, la siesta era un espacio de rebelión, ninguno quería perderse ese tiempo hermoso, en el que el pueblo te pertenecía con sólo salir a la calle.

Así que con la abuela teníamos un acuerdo tácito, ambos teníamos la idea de aprovechar la siesta a nuestra manera, pero existían actividades que teníamos en común dentro de las posibles a esa hora y hasta un pequeño premio a permanecer en casa. Leer el Tony y Dartagnan, era una forma de disfrutar el encierro forzado, aunque... no siempre era (yo) tan fácil de convencer.

Calor, mucho calor, con el sol cayendo en vertical, bestial, sin "una gota de viento". La sombra de los árboles en la vereda era tan negra como iluminada la calle. La brea del asfalto se volvía blanda, apta para huellas traviesas o enamorados con intención de inmortalizar su amor.

Saliendo por el patio casa por medio, los gorriones se desgañitaban gorjeando en la pared de ladrillos alta, gastados o ausentes, de la casa de Negrita. Aquello parecía un pequeño palomar, de estos inmigrantes europeos como habitantes y sus potentes piadoras crías. Yo los veía por sobre tapial que separaba la casa de los abuelos de lo de Chola, pero se oían en todo el barrio. La cantidad era más importante que el volumen.

No me hacía falta más que mirar sólo un poco más a la izquierda y encontrar ese árbol colmado de granadas y partidas al medio de maduras, también del otro lado. Frutas que sabían deliciosas sin permiso y que aunque Chola o Mario (el esposo) nos regalaran, yo seguiría intentando sustraerlas, confiado en mi superdesarrollado poder de selección (eso creía al menos).

A la derecha estaba la "bici" amarilla estacionada a la sombra del techito de chapa de la ventana de la cocina. Entonces montaba el móvil con una destreza que añoro, cruzaba el pasillo fresco por fuera de la casa la otra salida a la vereda y de allí a la libertad. No era un escape... Para ello hubiera necesitado por la mañana establecer claramente el lugar y las actividades donde los fugitivos de siesta del barrio nos encontraríamos. Cuanto más peligrosa la actividad planificada, mayor convocatoria seguro.

Sin ese plan establecido y con un rollito de billetes en la mano, doblaba a la izquierda (a la derecha no se podía, te encontrabas con los terrenos de la vías), a una velocidad constante que me permitiera zigzaguear sin manos de vereda a vereda con la quietud cómplice y una habilidad creciente de socia. Luego, a la derecha, en esa época las calles eran mano y contramano (ahora las pretensiones de ciudad han cambiado eso), una cuadra más. Por último media cuadra a la izquierda. Allí me detenía un buen rato para ver qué película tenía el cine-teatro Español, que durante el año ofrecía sólo una matinee los domingos a las 2 de la tarde, exclusiva para chicos. Aunque en verano, muchas veces eran cada quince días y dependiendo de la temperatura.

Era importante revisar esa cartelera para saber si estaba suspendida la peli del domingo. De ello dependía parte de la tarea siguiente: ir el domingo seguro que iba, dependía de lo mucho que me gustara la película, si compraba o no maní con chocolate. Si me gustaba, sí. Si no, miraba la película relajado, extrayendo o imaginando historias para jugar después con los amigos. Flash Gordon recuerdo mereció 2 cajitas de ese maní con chocolate que con suerte, no estaba húmedo... aquella vez.

Con la idea más o menos clara del presupuesto para el domingo, entraba a la heladería Laury, la única que solía estar abierta durante la siesta temprana, esa que permite a algunos clientes prolongar la sobremesa con un postre helado. Casi nunca tenía que esperar mucho, los clientes no abundaban a esa hora (se llenaría más tarde a eso de las nueve de la noche cuando las vecinas salían a caminar con el fresco). Compraba tres helados en vasitos de masa dulce, nunca del más chiquito, tampoco el cucurucho, ustedes saben...

Para mi hermana, crema del cielo (por el color más que por el sabor) y pistacho. Para la abuela dulce de leche con nuez y vainilla. Yo fidelidad extrema al limón y chocolate en esa época. El vuelto, que no era mucho, tenía que ver con la cartelera del cine, película buena, vuelto para mí. Si no, la abuela prometía ahorrarlo para la siesta al otro día.

El regreso no era tan acrobático, primero porque no me daban bolsita, con una mano en el manubrio, el calor presionando sobre los sabores elegidos y el paquetito de tres helados en la otra, la cosa era LLEGAR. Y, créanme lo peor era cuando con la bici llegaba a la puerta del pasillo (por el que había salido), sin hacer ruido para no despertar al abuelo que ya para entonces dormía, usando todo el cuerpo para sostener el vehículo, los artículos comprados en un paquete no precisamente equilibrado y el picaporte duro de la puerta. Superado el obstáculo, el único reclamo posible podía ser el de no traer cucharitas, pero rápidamente lo olvidábamos. Seguramente se me habrán caído otras cosas, esos helados NUNCA.

La abuela se recostaba sobre el sofá verde del living, nosotros en una colcha sobre el piso que apenas amortiguaba lo duro pero regalaba frescura. El helado duraba nada. La abuela se permitía dormitar un poco, nosotros seguíamos con las revistas. Yo prefería a Nippur, Dax o Pepe Sanchez, Savarese, La legión extranjera, Boina Blanca, entre otros. Mi hermanita prefería Intervalo con las historias de amor, Gente de Blanco, Mi novia y yo... hasta que la abuela se levantara para seguir con los quehaceres o nos despertáramos sorprendidos con la voluntad vencida por el sueño.

Cualquiera podría pensar que escribo con nostalgia sobre un pasado irrecuperable, algunos me lo han dicho. Sin embargo, créanme, son cosas que me enseñaron mucho y me fortalecen. Lo simple, por sencillo, es tan hermoso como ignorado. Esa tarde que les describo, no es sólo una tarde, pueden haber sido varias repetidas o mezcladas por mi relato, así como lo cuento lo recuerdo. Yo creo firmemente en las pequeñas cosas precisamente por mucho de aquello.

Esas siestas en el living tenían las persianas de los ventanales grandes bajas, revistas, helado y un compañero infaltable, el ventilador azul de la abuela.

Con el tiempo, de preferir, en verano honro la siesta con aire acondicionado (la noche me gustaría "gastarla" de otras maneras que no sean durmiendo), aunque cada vez que puedo le hago un regalo a mi corazón, prendo el ventilador y ese sonido simple, sin arte ni ciencia, me produce una sensación hermosa con la que sólo puedo tener buenos sueños de siesta...

Conservo cierta fidelidad para conmigo de pequeño, no me planteo dormir, prefiero quedarme dormido despacio, con un libro por supuesto...

Hagan la prueba... en la balanza de sus vidas pongan muchas cosas simples, casi ignoradas del lado de las grandes buenas cosas y después me cuentan...

SOBRE EL AUTOR

Pablo Rojas Díaz nació en América, provincia de Buenos Aires en 1973, realiza el ejercicio de la escritura desde que en su niñez reconoció la funcionalidad del lápiz y el papel, junto al maravilloso mundo escondido en cada libro. Sus cuentos, poesías y relatos han sido conocidos sólo por su círculo más íntimo, con la salvedad de los que fueran parte de su proyecto experimental "Descubriendo al lector detrás del monitor" desarrollado en la década del 90 desde donde se compartían relatos e historias por la vía digital. Los cuentos aquí publicados son de una época específica, inéditos y son el resultado de una cuidadosa selección que representa varios pasajes de "su" mundo y su vida. Festejamos esta iniciativa y esperamos que el lector se sienta a gusto recorriendo estas páginas.

pablorojasdiaz@gmail.com

Este libro fue editado y diseñado por Editorial **Vuelta a la Página**.